Uwe Goeritz

Die Bruderschaft des Regenbogens

Bibliografische Information der Deutschen Nationalbibliothek:

Die Deutsche Nationalbibliothek verzeichnet diese Publikation in der Deutschen Nationalbibliografie; detaillierte bibliografische Daten sind im Internet über http://dnb.dnb.de abrufbar.

© 2015 Uwe Goeritz

Coverbild: Uwe Goeritz / Jana Goeritz

Herstellung und Verlag: BoD – Books on Demand, Norderstedt

ISBN: 978-3-7386-5136-2

Inhaltsverzeichnis

Die Bruderschaft des Regenbogens 7
   Ein kleines Boot 8
   An der Pforte des Klosters 12
   Eine neue Idee 16
   Der lange Weg 20
   Zwei Pfarrer in einer Kirche 24
   Was ist die Wahrheit? 28
   Leben in Abgeschiedenheit 32
   Ein gefährliches Buch 36
   Die Flucht aus dem Kloster 40
   Ein Mönch auf Wanderschaft 44
   Die Hungerrevolte 48
   Vor den Toren der Stadt 52
   Der große Haufen 56
   Bauern und Mönche 60
   Ein ferner Ruf 65
   Eine blutige Schlacht 69
   Flucht durch den Wald 73
   Zurück im Kloster 77
   Gegenüberstehen 81
   Der Abt 85
   Bleiben oder gehen 89
   Auf in die Zukunft 93
   Gewissensfragen 97

Ein neuer Weg 101
Zeitliche Einordnung der Handlung 104

Die Bruderschaft des Regenbogens

Mit seinen Hammerschlägen am Tor der Schlosskirche zu Wittenberg brachte Martin Luther am 31. Oktober 1517 die Kirche symbolisch zum beben. Mit der Verkündung seiner Thesen erschütterte er die seit mehr als tausend Jahren fest geführten Fundamente und den Reichtum der Kirche sowie des Papstes. Seine Thesen waren die Grundlage der Reformation und des später folgenden Bauernkrieges.

Diese Geschichte handelt von zwei Mönchen, die in den Strudel der Reformation gelangen. Wie wird sich ihr Leben entwickeln und wie werden sie sich entscheiden? Für den friedlichen Weg Luthers oder der kämpferischen Müntzers? Sie handelt aber auch von den Menschen, denen nicht diese Wahl blieb, sondern die als letzten Ausweg den Kampf um ihr Leben aufnehmen mussten.

Sie alle waren Teil einer Bewegung, die nur hundert Jahre später in einen großen europäischen Krieg mündete und heute noch in der Teilung zwischen evangelischer und katholischer Kirche deutlich zu sehen ist. Aber auch die heute gesprochene deutsche Sprache kommt aus der Übersetzung der Bibel durch Luther.

Die handelnden Figuren sind zu großen Teilen frei erfunden, aber die historischen Bezüge sind durch archäologische Ausgrabungen, Dokumente, Sagen und Überlieferungen belegt.

1. Kapitel

Ein kleines Boot

Mit ein paar Ruderschlägen zog der Steuermann das kleine Ruderboot in die Mitte des Flusses. Der Junge am Bug hielt seine Hand ins Wasser und schaute den Wellen hinterher, die seine Finger im Wasser hinter sich ließen. Er war etwa dreizehn Jahre alt und bisher hatte er den elterlichen Bauernhof nicht oft verlassen.

Bis gestern Abend hatte er noch bei der Ernte geholfen und heute früh war er in ein neues Leben aufgebrochen. Der elterliche Bauernhof konnte nicht mehr alle ernähren. Zu groß waren die Abgaben, so dass sich der Vater entschlossen hatte seinen zweitältesten Sohn in das Kloster zu schicken. „Der Abt nimmt uns unser Korn, dann soll er uns auch einen Esser abnehmen." hatte er seine Entscheidung begründet, obwohl eine Begründung nicht notwendig gewesen wäre. Viele Winter über hatte der Junge Hunger gehabt, nur selten konnte er sich wirklich satt essen.

Er schaute nach vorn und dachte daran, was ihn wohl im Kloster erwarten würde. Langsam zog der Kahn dahin, von der Strömung getrieben. Das Boot war etwa zwei Meter breit und fünf Meter lang. Viele Kisten und Säcke standen auf dem Boot. Links und rechts des gemächlich dahin strömenden Flusses säumten kleine Bäume und Sträuchern das Ufer. Der Junge hatte den Schiffer in der letzten Stadt beim beladen gesehen und einfach gefragt, ob er ein Stück mitfahren könne. So kam er zwar auch nicht viel schneller voran, aber er musste wenigstens nicht laufen.

Er hatte einen Brief seines Dorfpfarrers dabei, den er im Kloster vorzeigen sollte. Darin war noch einmal alles beschrieben, was der Pfarrer mit dem Abt besprochen hatte. Der Junge, Thomas war sein Name, konnte zwar nicht lesen, war aber sonst sehr gescheit. Noch in der Dunkelheit hatte er sich von Vater, Mutter, dem älteren Bruder und den beiden jüngeren Schwestern verabschiedet, dann hatte er sich selber auf den Weg in das Kloster gemacht. Jetzt war es etwa Mittag und noch vor Einbruch der Dunkelheit wollte er in dem Kloster sein, sonst müsse er vor dem Tor auf der Wiese schlafen und das wollte er eigentlich nicht.

Sanft schaukelte der Kahn hin und her, die Wärme der Sonne sorgte dafür, dass der Junge im Bug des Schiffes einschlief. Nach einer ganzen Weile weckte ihn der Ruf des Schiffers vom Heck des Bootes. Verschlafen rieb sich der Junge die Augen und schaute nach vorn. Der Fluss machte eine sanfte Biegung und direkt in dieser Biegung standen auf der rechten Seite ein paar Häuser und eine kleine Kapelle. Schnell nahm er sein Päckchen auf, dass er neben sich gelegt hatte. Während der Schiffer zum Ufer steuerte stand der Junge auf.

Das Boot schwankte leicht als es am Ufer anlegte und der Junge hielt sich an der Bordwand fest, um nicht ins Wasser zu fallen. Er blickte sich um, rief „Danke schön." zum Schiffer, der ihm freundlich zunickte, und sprang dann an Land in das Gras. Das Boot legte wieder ab und der Junge schaute noch eine Weile hinterher, bevor er sich zu dem Kloster umdrehte, das ja seine Heimat für die nächste Zeit oder auch für immer werden würde. Eine hohe Mauer umgab das ganze Kloster und von hier aus sah er nur die Dächer darüber hinausragen. Er sah nach links und rechts und suchte den Eingang.

Etwas versteckt, direkt in der Mauer eingelassen und durch ein Gebüsch verdeckt, war eine kleine Holztür, nicht weit von ihm entfernt. Mit seinem Päckchen auf dem Rücken, in dem alle seine Habseligkeiten waren, machte er sich auf zu dieser Pforte. Beherzt klopfte er an und wartete. „Soll ich noch mal klopfen?" fragte er sich in Gedanken, als er schon eine ganze Weile gewartet hatte.

In dem Moment als er erneut klopfen wollte schwang das Tor mit einem knarren auf. Ein älterer Mönch mit grauen Haaren stand in der Tür und sah den Jungen fragend an. Wortlos überreichte Thomas dem Mönch seinen Brief. Dieser überflog die Zeilen und winkte den Jungen ohne ein Wort herein. Hinter den beiden schloss sich das Tor wieder.

Der Mönch führte den Jungen über einen großen Hof zu einem kleinen, einzeln stehenden, Haus in der Mitte des Klosters. Dort angekommen zeigte er auf eine Bank neben dem Eingang und sagte zu dem Jungen „Warte hier." Dann ging er mit dem Brief hinein. Thomas setze sich auf die Bank und schaute sich um. Auf der anderen Seite des Hofes war ein großes langes Gebäude, an das sich eine kleine Kapelle anschloss. Rings um den Hof waren kleinere Gebäude, offenbar Scheunen oder Ställe, denn sie sahen genauso aus, wie die Scheune auf seinem elterlichen Bauernhof.

Nach einer ganzen Weile öffnete sich die Tür wieder und der Mönch bat Thomas in das Haus hinein. In einem kleinen Zimmer saßen zwei andere Mönche und ein etwas dickerer Mann von offensichtlich höherer Stellung, wie Thomas an seiner vornehmen Kleidung sofort sah. Der Mann hatte den Brief in der Hand und sprach den Jungen an „Ich bin der Abt dieses Klosters und du möchtest also in mein Kloster eintreten?" ohne eine Antwort abzuwarten sprach er weiter „Dies hier ist Mönch Andreas, er wird sich um dich kümmern und wenn du fragen hast, dann frage ihn."

Damit zeigte er auf einen der Mönche in dem Raum und verließ das Zimmer durch eine Tür in einen anderen Raum.

Andreas, ein Mönch der etwa zehn Jahre älter war als der Junge, stand auf und kam um den Tisch herum. „Wie ist dein Name?" fragte er den Jungen. „Thomas." antwortete der und schaute zu dem Älteren auf. „Ich werde dir dein Zimmer zeigen und dir alles geben was du in der nächsten Zeit brauchst. Komm mit." sagte Andreas und führte den Jungen aus dem Raum hinaus auf den Hof. Vor der Tür zeigte Andreas auf das lange Gebäude auf der anderen Hofseite und sagte „Dort drin sind unsere Wohnräume. Oben Wohnen wir, unten sind die Schreibräume und der Speisesaal."

„Oben." dachte der Junge, bisher kannte er nur einstöckige Häuser, aber hier musste er erst eine Treppe nach oben steigen. Ein dunkler langer Gang wurde von vielen Türen unterbrochen. Kleine Talglichter in den Nischen zwischen den Türen beleuchteten den Gang und tauchten ihn in ein Dämmerlicht. Am Ende des Ganges öffnete der Mönch eine Tür und sagte „Das ist ab jetzt dein Raum."

2. Kapitel

An der Pforte des Klosters

Thomas schaute in den Raum hinein. Etwa fünf Schritte lang und drei Schritte breit war er. Am anderen Ende ein kleines Fenster, durch das etwas Licht in den Raum fiel, ein Bett, ein Hocker und ein Kreuz in der Ecke. "Mein Zimmer." murmelte der Junge und schaute den Mönch fragend an. Andreas nickte und erwiderte "Ja, dein Raum. Solange du hier im Kloster lebst wirst du in diesem Raum schlafen. Wir sind hier zwölf Mönche, der Abt und du. Der Abt schläft in dem Haus, wo wir vorhin waren, wir anderen schlafen in diesem Haus."

Der Junge trat in den Raum und legte sein Bündel auf den Hocker. "Ich hole dich dann zum Essen ab." sagte der Mönch und schloss die Tür. Thomas sah sich um. Bisher hatten sie immer alle im selben Raum geschlafen. Auf dem Bauernhof gab es nur zwei Räume, die Küche und den Schlafraum. Auch ein eigenes Bett hatte er noch nie gehabt. Er setzte sich auf das Bett, es war zwar hart, aber weicher als der Strohsack bei sich zuhause. Thomas schaute auf das Kreuz an der Wand, dass so angebracht war, dass man es aus jedem Winkel des Raumes sehen konnte. Ein Talglicht stand auf einem Sims davor, es brannte aber noch nicht, weil es ja noch Tag war.

Nach einer ganzen Weile wurde die Tür geöffnet und Andreas winkte den Jungen in den Gang hinaus. Nebeneinander gingen sie die Treppe hinunter. Andreas zeigte dem immer mehr staunenden Jungen zuerst die Kapelle, dann die Waschräume und zum Schluss den Speisesaal, in dem schon alle Mönche versammelt waren. Der Tisch war mit Suppe, Wein, Brot und Bier reich gedeckt. Der ältere Mönch, derjenige, der Thomas in das Kloster gelassen hatte, saß am Kopfende des Tisches und laß aus der Bibel vor. Da es Lateinisch war verstand

Thomas nicht viel davon. Leise setzte er sich neben Andreas und langte zu. Nur das Vorlesen unterbrach die Stille im Raum. Alle versuchten so wenig Geräusch wie möglich zu machen.

Nach dem Essen wurde alles in die Küche geräumt und zwei Mönche kümmerten sich um das aufräumen. Andreas nahm den Jungen zur Seite und erklärte "Ab morgen früh nimmst du am Klosterleben teil. Du bleibst immer an meiner Seite und machst das, was ich mache oder sage. Wenn du eine Frage hast, dann Frage mich danach. Jetzt gehst du auf dein Zimmer und morgen früh, wenn es hell wird, hole ich dich dort ab." Thomas nickte, stieg die Treppe hoch und ging auf sein Zimmer. Nach all den neuen Eindrücken schlief er schnell ein.

Als die Sonne durch das kleine Fenster schien war der Junge schon lange wach. Er war es gewohnt bereits in der Dunkelheit in den Stall zu den Tieren zu gehen. Als Andreas in den Raum schaute kam der Junge ihm schon entgegen. Zusammen gingen sie in die kleine Kapelle. Der Abt begann den Gottesdienst und nach diesem trafen sich alle Mönche zum Essen im Speisesaal. Der Abt teilte die Arbeiten zu und Andreas hatte an der Pforte Dienst. Mit dem Jungen ging er über den Hof und öffnete das große Einfahrtstor. Alle Arbeiter, alle Wagen und alle Besucher mussten die Beiden in Empfang nehmen.

Thomas schaute sich alles genau an und fasste ab und zu mit an. Vom Tor aus konnte er den Rest vom Kloster überschauen. Der Fluss umschloss das Kloster von drei Seiten und in diesem, vorderen Teil arbeitete der Schmied und einige Bauern brachten Getreide in das Brauhaus an der Klostermauer. Auf der anderen Seite des Flusses stieg ein Berg steil an und viele Bäume standen da, diese Seite, auf der das Kloster stand, war ein großer flacher Platz. Vor dem Kloster standen einige Bauernhöfe, so wie Thomas sie von zuhause kannte.

Als die Sonne ihren höchsten Punkt erreichte traf ein Reiter ein, den Andreas mit einer Umarmung begrüßte. Danach ritt dieser Mann zum Haus des Abtes. Auf den fragenden Blick des Jungen sagte der Mönch "Das war mein Bruder Johannes. Er ist beim Ritter auf dieser Burg als Knappe und Melder tätig." dabei zeigte er auf einen Turm, den man am Horizont zwischen den Wipfeln der Bäume sehen konnte. Der Junge nickte und schon kam der Mann auch wieder zurück. Er hatte einen Brief des Abtes in der Hand und führte sein Pferd am Zügel hinter sich her.

Die beiden Männer unterhielten sich kurz und der Mönch stellte den Jungen vor. Thomas bestaunte das lange Schwert an der Seite des Reiters und sah sich das Pferd an. Pferde kannte er zwar, aber so aus der Nähe hatte er noch keines gesehen. Auf ihrem Hof hatten sie nur Ochsen zum ziehen des Pfluges. Thomas streichelte dem Pferd über den Kopf. Nach dem kurzen Gespräch am Tor verstaute Johannes den Brief in einer Tasche, die er sich umhängte. Er verabschiedete sich von den Beiden und schwang sich auf sein Pferd. Schnell ritt er der fernen Burg entgegen.

Ein Ochsenkarren kam beladen den Weg zum Tor hinauf und genau in der Einfahrt des Klosters brach ein Rad entzwei. Der Karren kippte zur Seite und blieb stehen. Schnell rief der Mönch den Schmied aus der, direkt am Tor gelegenen, Schmiede. Zusammen mit seinem Gehilfen kam der Schmied heraus gelaufen. Der breitschultrige Mann stemmte zusammen mit dem Bauern und Andreas den Wagen hoch, während Thomas und der Gehilfe das alte Rad abzogen, ein neues Rad aus der Schmiede holten und am Wagen befestigten.

Der Wagen fuhr weiter und der Schmied nahm das kaputte Rad mit in seine Schmiede, um es zu reparieren und für den nächsten Fall wieder ein Ersatzrad zu haben. Mit lauten Hammerschlägen trennte er das Metall vom Holz und begann das Rad zu richten. Viele weitere Wagen kamen beladen zum Kloster und fuhren leer wieder ab. Alle Bauern brachten den Teil der Ernte zum Kloster, den sie als Pacht oder Abgabe schuldeten.

Später am Tag verließen alle Arbeiter das Kloster wieder und Andreas verschloss, nach dem letzten der Wagen, das Tor wieder. Durch den Kreuzgarten gingen die Beiden wieder zurück zu ihrer Unterkunft. Nach einem Gottesdienst wurde gegessen und danach endete ein langer Arbeitstag für den Jungen. Er war zwar harte Arbeit gewöhnt, aber das Kontrollieren und aufpassen war etwas anderes. Es war auf eine andere Art anstrengend. Auch in dieser Nacht schlief der Junge sehr schnell ein.

3. Kapitel

Eine neue Idee

Es war Mitte November des Jahres 1517. Thomas war nun schon ein paar Monate in dem Kloster und vor ein paar Tagen hatte es angefangen zu schneien. Der Junge war fast täglich mit Andreas in der Schreibstube gewesen und hatte mit ihm zusammen Lesen sowie schreiben gelernt. Etwas Latein verstand er auch schon, so dass er den Vorträgen der Mönche beim Essen schon ganz gut folgen konnte. Einige Dinge kannte er noch nicht, aber bei jeder Frage half ihm der erfahrene Mönch weiter.

An diesem Tag waren zwei Mönche aus einer Stadt weit im Norden zu Besuch im Kloster. Wie immer, wenn Besucher da waren, wurde auch an diesem Abend, nach dem Essen, eine Gesprächsrunde im Speisesaal abgehalten. Jeder wollte wissen, was draußen in der Welt so vor sich ging. Auch wenn man hier im Kloster lebte so war man doch nicht außerhalb der Gesellschaft. Die beiden Mönche hatten vor einer Weile in Wittenberg Station gemacht und dort einer Predigt des Pfarrers Luther zugehört.

Sie erzählten von der Menge an Menschen und das der Pfarrer in Deutsch gepredigt hatte. Ein jeder konnte ihn verstehen. Schon alleine das ließ die anderen aufhorchen. Es war immer so, und ein jeder kannte es nicht anders, dass die Messe in Latein abgehalten wurde. Thomas hatte es auch nicht anders erlebt, niemand konnte den Pfarrer verstehen da kaum einer von ihnen Latein sprach, von den gebildeten und reichen Menschen mal abgesehen.

Einer der beiden Mönche zog ein Papier aus der Tasche und sagte „Ich habe ein paar Punkte aus der Predigt mitgeschrieben. Insgesamt hat er 95 Thesen genannte." Dabei faltet er das Papier auseinander und begann vorzulesen.

„Das ganze Leben der Gläubigen soll Buße sein. Eine Strafe darf nicht für die Zeit nach dem Tod ausgesprochen werden. Es ist gesichert, dass Verstorbene im Fegefeuer ihr Verhältnis zu Gott nicht mehr ändern können. Die Ablassprediger irren sich. Nicht jede Strafe wird erlassen. Wer einem Bedürftigen nicht hilft, aber stattdessen Ablass kauft, handelt sich den Zorn Gottes ein. Aufgrund eines Ablassbriefes ist kein Heil zu erwarten. Es ist falsch, wenn in einer Predigt länger über Ablass gesprochen wird als über Gottes Wort. Der Schatz der Kirche besteht nicht aus weltlichen Gütern, sondern aus dem Evangelium. Die Vergebung der Sünden durch Jesus Christus ist der wahre Schatz der Kirche. Der Ablass ist das Netz, mit dem man jetzt den Reichtum von Besitzenden fängt. Warum kann einem gottlosen Menschen gegen Geld alle Sünden vergeben werden? Man soll die Christen ermutigen, Jesus Christus nachzufolgen, und sie nicht durch Ablassbriefe falsche geistliche Sicherheit erkaufen lassen."

Er faltete das Blatt zusammen und steckte es ein. Ringsum war schweigen im Raum. Alle Mönche dachten über das gehörte nach. Auch Thomas machte sich so seine Gedanken. Diese Ablassbriefe kannte er gut. Jeden Sonntag in der Kirche kamen sie zur Sprache. Sein Vater hatte, für einen verstorbenen Onkel, einen dieser Briefe erworben. Das Geld hatten sie sich mühsam zusammengespart. Doch nach dieser Aussage, die der Prediger nach dem Papier getroffen hatte, war das Geld ja umsonst ausgegeben.

In seine Überlegungen hinein begannen die Mönche rings um den Tisch das Blatt zu bereden. Viele Meinungen zu den Ideen des Predigers gingen hin und her. Thomas schaute zu, er traute sich nicht in das Gespräch der viel älteren Mönche einzugreifen und dabei mitzureden.

Im Schein der Talglichter wogte die Diskussion, bis weit in die Nacht, Hin und Her. Während die älteren Mönche diese Ansicht für eine Rebellion gegen die Kirche hielten, waren die Jüngeren eher der Meinung, dass es sich um eine Reform der Kirche handelte. Auch Andreas war dieser Meinung und setzte sich ebenfalls lautstark für diesen fremden Pfarrer ein.

Noch auf der Treppe zu den Wohnräumen wurde gesprochen und Thomas kam an diesem Abend nur schwer in den Schlaf. Er musste an das gehörte denken und an das Geld, dass sie so auch für etwas anderes gehabt hätten, das aber für den nutzlosen Ablassbrief weggegeben worden war. Er selbst hier im Kloster tat jeden Tag Busse, so wie er es gehört hatte, aber viele andere vertrauten auf diese Briefe, die ja nutzlos waren. Nur mit dem Gebet konnte man sich die Gunst Gottes sichern und nicht mit Geld.

Am nächsten Morgen, als Thomas und Andreas zur Schreibstube gingen, zeigte der Junge auf die Speicher mit dem Korn. Er sagte „In dem Papier, das der Mönch gestern Abend vorgelesen hatte stand. Der Schatz der Kirche besteht nicht aus weltlichen Gütern, sondern aus dem Evangelium. Was ist nun aber mit dem ganzen Korn, dort in den Scheunen? Ist das nicht auch ein Schatz?" Er schaute den Mönch von der Seite an und sah, dass Andreas angestrengt über seine Frage nachdachte. Als sie die Schreibstube betraten antwortete er „So habe ich das noch gar nicht gesehen. Du hast Recht. Die Kirche, und wir hier im Kloster, sind wirklich sehr reich. Wir sollten uns auf den Glauben beschränken und nicht auf das Geld."

„Was passiert, wenn das all die Menschen draußen erfahren?" fragte der Junge weiter „Was wird dann aus uns hier im Kloster?" „Das kann ich dir nicht sagen." erwiderte der Mönch und ging zu dem Tisch, an dem sie auch heute wieder ihre Schreibübungen machen würden. „Warum wird den eigentlich in Latein gepredigt und nicht in Deutsch?" fragte der Junge weiter. Andreas schlug das Buch auf und sah den Jungen an, als hätte er die Kirche als Ganzes in Frage gestellt. „Darüber habe ich noch nicht nachgedacht." sagte der Mönch. Nach einer Weile begann er „Latein ist in der ganzen Kirche die Sprache, mit der wir uns alle verständigen können. Wenn hier ein Mönch aus England oder Spanien zu uns kommt, so spreche ich ja nicht seine Landessprache, aber mit Latein können wir uns alle verständigen." erklärte er weiter. Das leuchtete auch dem Jungen ein. Für sich selbst dachte er eine Weile nach, bevor er zur Feder griff und erwiderte „Da hast du sicher Recht, aber in unserer Kirche zu Hause war noch nie ein Spanier. Und trotzdem wird jeden Sonntag in Latein gepredigt."

Die Feder zog ihre schwarze Spur über das Pergament und auch dabei war es Latein was auf dem Blatt zurückblieb.

4. Kapitel

Der lange Weg

Den ganzen Winter war der Junge im Kloster gewesen. Mitten im Winter war sogar der Fluss zugefroren, so kalt war es und doch war es der erste Winter, in dem Thomas weder hungern noch frieren musste. Das Leben im Kloster hatte auch seine guten Seiten, oder vielmehr nur gute Seiten, wie der Junge jeden Tag feststellen konnte. Das frühe Aufstehen und das harte Arbeiten war er schon immer gewöhnt gewesen, doch nun war es so, dass er noch keinen Abend hungrig in sein Bett gegangen war.

Bei jeder Mahlzeit dachte er an seine Familie zu Hause, die durch die Abgaben oft nicht genug zu essen hatte. Im Herbst hatte er auch seinen Vater auf dem Klosterhof gesehen, als dieser seine Abgabe in die Scheune des Klosters gebracht hatte. Über die Ideen dieses Luthers aus der fernen Stadt hatte er auch oft nachgedacht und war zu dem Schluss gekommen, dass er sicherlich Recht hatte. "Alle sehen das so, es traut sich sonst aber keiner es auszusprechen." dachte er oft.

Im Frühling des Jahres 1518 sollte Andreas einen Brief des Abtes nach Wittenberg, in die dortige Universität bringen, und so machten sich Thomas und Andreas auf dem Weg in die weit entfernte Stadt. Sie würden nicht den direkten Weg nehmen, hatte ihm Andreas erklärt, sondern von Kloster zu Kloster ziehen und jeweils dort übernachten. Die Klöster lagen jeweils den Weg einen Tages voneinander entfernt.

Mit dem Packen auf dem Rücken und dem Wanderstab in der Hand brachen die Zwei eines Morgens, nach Essen und Gottesdienst, auf. Nebeneinander gingen sie auf befestigten Wegen oder auf, mit

Steinen belegten, breiteren Straßen. Sie zogen der aufgehenden Sonne entgegen und das erste Stück führte sie den Fluss entlang, der Thomas im letzten Herbst in das Kloster geführt hatte, nur diesmal in die entgegengesetzte Richtung.

Sie zogen an einer Wiese vorbei und dann wieder durch den Wald. Sie gingen den ganzen Tag und gegen Abend erreichten sie das Kloster Altzella, so wie Andreas es gesagt hatte. Am Tor wurden sie von einem Mönch begrüßt, der Andreas offensichtlich gut kannte. Die Begrüßung zwischen den beiden Männern war sehr herzlich.

Nach dem Abendessen und dem Gebet wurden die zwei auf ihre Zimmer gebracht, die genau so ausgestattet waren, wie ihre Zimmer in ihrem Kloster. Nach dem langen Marsch schlief Thomas sofort ein, während die beiden Mönche noch lange auf dem Gang erzählten. Am nächsten Morgen, auf dem Weg zum nächsten Kloster, erzählte Andreas, dass der andere Mönch früher in ihrem Kloster gelebt hatte und erst seit einem Jahr in dem anderen Kloster wohnte. An diesem Tag zogen sie nach Norden und folgten der Straße. Andreas hatte auch noch einen Brief des Abtes aus dem Kloster Altzella erhalten, wo er doch schon mal auf dem Weg in die ferne Hauptstadt Sachsens war.

Am Nachmittag des zweiten Tages erreichten sie Oschatz und beschlossen den Rest des Tages in dieser Stadt zu bleiben. In einer Pilgerherberge wurden sie mit Essen und einem Schlafplatz versorgt. Die Strecke war an diesem Tag etwas kürzen gewesen und sie waren gut voran gekommen. Zum Abendgebet gingen sie in die kleine Kirche auf dem Marktplatz. Es war ruhig darin und sie waren die einzigen, die zu dieser Zeit in der Kirche beteten.

Als am dritten Tag die Dunkelheit einbrach erreichten sie gerade noch rechtzeitig die Stadttore von Torgau. Unmittelbar hinter ihnen wurden die Tore verschlossen und erst am nächsten Morgen wieder geöffnet. Wer jetzt noch vor der Stadt war, der musste die Nacht vor dem Tor bleiben. Andreas suchte und fand eine Schänke in der sie über Nacht bleiben sowie ihr Mahl einnehmen konnten. So zielsicher wie er durch die Stadt ging kannte er das Ziel gut, da war sich Thomas sicher. Er vertraute dem Älteren und ging müde hinterher

Als am vierten Tag die Sonne schon im Westen niedrig am Himmel stand, gingen die Beiden über eine Brücke, die sich über einen breiten sowie schnell dahin strömenden Fluss spannte. Fünf hölzerne Bögen waren Quer über die Brücke gespannt und am Ende der Brücke stand ein Torhaus, dass die beiden Pilger durchquerten. Thomas hatte noch nie einen so breiten Fluss gesehen.

Hinter dem Torhaus, das vermutlich nachts geschlossen wurde, war schon die Stadt zu sehen, in die sie wollten. Über der Stadtmauer zeichneten sich mehrere Kirchtürme sowie die Türme eines Schlosses ab und die Dächer vieler Häuser, auch sehr große waren darunter, konnte man sehen.

Unmittelbar hinter der Brücke standen, vor der Stadtmauer, ein paar kleine Bauernhöfe entlang des Weges und als sie daran vorbei gegangen waren standen die Beiden vor einem großen Tor in der Stadtmauer. Die Soldaten, die dort Wache hielten, kontrollierten die beiden Pilger und ließen sie aber schnell passieren. Da es langsam schon auf den Abend zuging suchten sie zuerst eine Unterkunft auf, in der sie wohnen wollten, solange sie hier in Wittenberg bleiben würden.

Andreas, der sich offensichtlich auch in dieser Stadt gut auskannte, ging den Weg zu einem Kloster. Er sagte zu Thomas „Das ist das Kloster der Augustiner Mönche. Es gehört auch zu der Universität. Die studierenden Mönche nennen es das schwarze Kloster." Er klopfte an die Pforte des Gebäudes und ein Mönch, der eine andere Kutte trug als Andreas, öffnete das Tor. Er bat die Beiden herein und Thomas sah im Hof eine große Menge von Mönchen, die alle verschiedenen Orden angehörten. Ein jeder war durch seine Kutte einem der Mönchsorden zuzuordnen. Der Junge sah Augustiner, Benediktiner und Zisterzienser.

Schnell schritten die beiden Neuankömmlinge über den Hof und betraten das Haupthaus. In einer Stube im Erdgeschoss meldete sich Andreas an und zusammen mit einem der Mönche gingen sie eine breite Treppe hinauf, zu einem Gang, an dem zu beiden Seiten die Wohnräume der Mönche lagen. Am Ende des Ganges betraten sie ein großes Zimmer, in dem schon ein paar Mönche mit ein paar Büchern an einem Tisch saßen. Zwei Betten neben der Tür waren noch frei und in diesen beiden Betten würden Thomas und Andreas schlafen, solange sie in der Stadt bleiben würden. Einer der Mönche, der Kutte nach ebenfalls ein Zisterzienser, begrüßte Andreas, Thomas merkte, dass diese beiden Mönche sich auch gut kannten.

5. Kapitel

Zwei Pfarrer in einer Kirche

Die fünf Mönche diskutierten bis spät in die Nacht. Von seinem Bett aus verfolgte Thomas die Gespräche, die sich im Scheine von ein paar Öllampen direkt neben ihm ereigneten. Wieder ging es um die Ansichten Luthers. Das Für und Wider wurde die ganze Zeit abgewogen. Während einigen die Reformen nicht weit genug gingen, waren andere gegen jede Form von Reform. Die Mönche in dem Zimmer kamen von verschiedenen Orden und auch aus verschiedenen Teilen des Landes. Alle waren hier her geschickt worden, um die Bibel zu studieren und nun brachte sie einer, der hier auch noch lehrte, vollkommen durcheinander.

Trotz der lautstarken Unterhaltung schlief Thomas endlich ein. Der lange Marsch forderte seinen Preis von dem Jungen. Er schlief lange und traumlos, bis ihn Andreas, an der Schulter rüttelnd, wach machte. Alle waren schon angezogen. Der Junge rieb sich die Augen und sprang aus dem Bett. "Heute ist Sonntag. Wir gehen dann alle zum Gottesdienst." sagte Andreas, während sich Thomas wusch und anzog. Nicht lange und alle verließen zusammen den Raum.

Der Speisesaal des Klosters war mit studierenden Mönchen gut gefüllt. Lange Tische und Bänke standen darin und die neu dazu gekommenen mussten erst eine Weile suchen, bis sie einen Platz gefunden hatten. Anders als bei ihnen zu Hause im Kloster, wo beim Essen Ruhe herrschte, war hier ein regelrechtes Stimmengewirr zu hören. So etwas war Thomas gar nicht mehr gewöhnt, aber es erinnerte ihn an den elterlichen Bauernhof. Dort ging es beim Essen ähnlich laut zu. Seine kleinen Schwestern sorgten schon dafür.

Er dachte daran, was die wohl gerade machen würden. Die Aussaat war im vollen Gange und alle würden von Sonnenaufgang bis tief in die Dunkelheit auf dem Feld sein. Die großen säen und die kleinen vertrieben die Vögel von der Saat. Im letzten Jahr war er auch noch dort dabei gewesen. Schweigend aß er sein Brot und löffelte die dicke Suppe aus. Das Essen war hier noch einmal besser, als in ihrem Kloster. Es gab sogar Fleisch zum auf das Brot legen. Thomas nahm sich ein großes Stück Fleisch, schnitt es in Streifen und warf es in seine Suppe.

Der Junge schaute sich beim Essen um. Er erkannte Augustiner an ihrem schwarzen Habbit, der mit einem Ledergürtel zusammengehalten wurde. Den braunen Habbit der Franziskaner, mit einem Strick als Gürtel. Die Dominikaner an dem großen schwarzen Kragen und natürlich die Zisterzienser, so wie Andreas, mit den grauen Habbit und dem schwarzen Umhang darüber.

Nach und nach verließen die Mönche in kleinen Gruppen den Saal. Thomas fiel auf, dass sie immer Ordensweise gingen, auch wenn sie gemischt und Zimmerweise gekommen waren. Er war der einzige im Raum, der kein Mönch war, oder besser noch kein Mönch. Immer leerer wurde der Raum, bis auch Andreas auf stand. Der Junge schluckte den Rest der Suppe herunter, bevor er sich der letzten Gruppe der Mönche anschloss. Andreas wartete auf dem Hof am Eingang auf ihn. "Die meisten Mönche gehen in die Klosterkapelle. Wir gehen mit eine anderen Gruppe in die Kirche dort drüben." dabei zeigte der Mönch durch das offene Hoftor auf die Spitze einer Kirche, die dort zu sehen war.

Der Junge nickte und die kleine Gruppe von zehn Mönchen brach mit ihm auf. Es war gar nicht weit, bis zu dem offenen Tor der Kirche. Viele Menschen waren schon drin. Vorn sah Thomas reich gekleidete Bürger, dahinter saßen Bauern und Handwerker. Die letzten zwei Reihen waren noch leer und die Mönche setzten sich in die letzte Reihe.

Thomas schaute sich um, Licht fiel durch die großen Fenster in den Raum und in den Strahlen der Sonne sah er Staubkörner tanzen. Er dachte sich, vor Gott bin ich vielleicht auch nur so ein Staubkorn. Er verwarf den Gedanken aber sofort wieder. Jeder von ihnen war an seiner Stelle wichtig und konnte ein gottgefälliges Werk tun. Er würde sicher mal ein guter Mönch. Das hoffte er jedenfalls.

Die Kirche füllte sich immer weiter und fast war kein Platz mehr zu erhalten. Eine weitere Gruppe von Mönchen kam und setzte sich neben sie. Links von Thomas saß Andreas und rechts von dem Jungen saß nun ein Mönch, der genauso alt war wie Andreas.

Der fremde Mönch sprach den Jungen an, der so offensichtlich nicht in die Reihe der Mönche passte. "Ich bin Thomas und ich werde mal Mönch." antwortete der Junge. "Ich heiße auch Thomas." sagte der fremde Mönch "Thomas Müntzer." setzte er noch dazu, dann wurde das Tor geschlossen und Ruhe kehrte in die Kirche ein.

An den Seiten der Kirche waren ein paar Handwerker und Mönche stehen geblieben. Es war fast kein Platz mehr in der Kirche, nur der Mittelgang war frei geblieben. Ein leises Raunen ging durch die Besucher. Vorn bestieg ein etwas älterer Mönch die Kanzel. Andreas flüsterte dem Jungen zu "Das ist Martin Luther." Thomas schaute aufgeregt auf den Mann, über den alle in der Kirche redeten. Nun sah und hörte er ihn selbst.

Alle in der Kirche lauschten. Es war so still, dass man hörte wie Luther die Bibel aufklappte. Er sah von seinem Buch auf und überblickte, für einen Moment schweigend, die Anwesenden. Thomas hatte erwartet, dass die Predigt, wie er es gewohnt war, in Latein gehalten werden würde, doch er war sehr erstaunt, als Martin Luther begann in Deutsch zu erzählen. Jeder in der Kirche konnte verstehen was er erzählte. Er sprach von Buße, von der Reinheit des Glaubens. Vom Reichtum der Kirche und von der Armut Jesu, der ja ein einfacher Zimmermann gewesen war. Wie sicher einige der Handwerker in den mittleren Reihen der Kirche es ebenfalls waren.

Er sprach von Hilfsbereitschaft und der Gunst Gottes für die Bedürftigen. Er beendete die Predigt mit einem Spruch, der auch aus der Bergpredigt stammen könnte, "Seelig sind die Armen und die, die Busse tun, den sie werden die Gnade Gottes erhalten." danach wurden noch ein paar kirchliche Lieder, diesmal in Latein, gesungen und alle erhoben sich für das Abendmahl und um die Sakramente zu empfangen. Anschließend verließen sie alle schweigend die Kirche, um danach vor der Kirche über die gerade gehörte Predigt zu reden.

6. Kapitel

Was ist die Wahrheit?

Eine Gruppe von Mönchen sammelte sich direkt neben dem Eingang der Kirche. Thomas stand mit Andreas noch etwas unschlüssig am Eingang und schaute den Älteren an. Was würden sie heute hier in der großen Stadt machen? Er sah zu den Mönchen hinüber und durch eine Lücke konnte er den Mönch erkennen, der in der Kirche neben ihm gesessen hatte. Er stand in der Mitte der Gruppe von vielleicht fünfzehn Mönchen.

Der Junge ging hinüber und sah, dass auch ein paar Bauern, die er zuvor nicht gesehen hatte, mit neben der Gruppe standen. Alle hörten zu und der Mönch, der sich mit Thomas Müntzer vorgestellt hatte, führte eine Predigt unter freiem Himmel aus. Er erzählte ebenfalls von der Armut Jesu, doch er griff die Kirche für ihren Reichtum direkt an. Mehr noch verurteilte er aber die weltlichen Fürsten für ihre Gier. Die Bauern nickten, sie kannten das nur zu genau. Die Reichen hatten alles und sie, die dafür den ganzen Tag schwer arbeiten mussten, fast nichts.

Der Junge dachte an seine Kindheit zurück und konnte das nur bestätigen. Einige Mönche verteidigten ihre Orden und Klöster und die Gruppe schien sich in zwei Lager aufzuspalten. Vom Eingang der Kirche, zusammen mit Andreas kam nun der Prediger Martin Luther auf die Gruppe zu, die ihn gar nicht bemerkte, so verstrickt in ihre Gespräche waren sie. Luther legte seine Hand auf die Schulter des Jungen und begann nun ebenfalls an dem Gespräch teilzunehmen.

Alle schauten zu dem Prediger. Luther trat in die Mitte zu Müntzer und nun unterhielten sich diese Beiden, alle anderen hörten angespannt zu. Müntzer wollte zur Armut und Gerechtigkeit der ersten Christen zurück und Luther zur Buße und Hilfe in der Kirche kommen. Der Weg der beiden war vollkommen unterschiedlich, doch beide wollten eine Reformation der Kirche erreichen. Weg vom Reichtum und Latein, hin zu den Menschen und in Deutsch, so dass jeder der Predigt folgen kann.

Müntzer sagte "Nach meiner Meinung legt die Bibel vor allem ein Zeugnis ab, wie die erleuchteten Seelen eine Erfahrung machten, als sie mit Gott gelebt haben. Das Evangelium stellt nur eine Einladung dar, es ihnen nachzutun. Wir sollten die Erfahrung mit Jesu ebenfalls machen. Die Bibel ist nur eine Schrift, sie kann die Menschen nur erreichen, wenn diese auf ihren Spuren wandeln. Der Glaube an die Bibel ist wichtig." dabei schaute er den anderen an und wartet auf dessen Meinung.

Luther zögerte einen Moment, um dann zu erwidern "Ich denke, Gottes ewige Gerechtigkeit ist ein reines Gnadengeschenk. Es wird dem Menschen nur durch den Glauben an Jesus gegeben. Keine Leistung eines Menschen kann diese Gnade erzwingen. Auch der Glaube ist nur ein dem Menschen mögliches Werk. Die Kirche kann diesen Glauben nicht vermitteln, nur Gott selbst kann dies."

Angespannt hörte Thomas zu, zwei Franziskanermönche gingen vorbei und der Junge schaute ihnen nach. Die Bettelmönche dieses Ordens lebten in Armut für die Menschen. Konnte er, Thomas, auch diesen Weg gehen? Er dachte an die Armut von früher und schaute zurück zu den beiden streitenden Predigern in der Mitte der Gruppe, die eigentlich dasselbe wollten, eine Kirche für alle, gerade reich genug um den Glauben unter alle zu bringen. Die Beiden gaben sich gerade die Hand und die Gruppe ging nach allen Seiten auseinander, bis nur noch Andreas, Thomas, Luther und Müntzer dort standen.

Luther legte seine Hand wieder auf die Schulter des Jungen, so wie er es vorhin gemacht hatte. Er fragte, wo sie wohnten und was sie hier machten. Nach der Erklärung von Andreas lud er die Beiden, sowie Müntzer, zu sich zum Abendessen nach der Andacht zu sich ein. Alle drei stimmten gern zu und verabschiedeten sich. Andreas und Thomas schauten sich den Rest des Tages die Stadt und das Schloss an, dieses natürlich nur von außen, die Wachen hätten sie nie hinein elassen.

Am Abend trafen sich alle in der Unterkunft Luthers, die auch im schwarzen Kloster war. Es war eine größere Gruppe von Mönchen und Luther begrüßte jeden einzelnen von ihnen. Nach dem Essen wurden wieder theologische Themen diskutiert, wovon der Junge aber nicht viel verstand. Zu Kirchenintern und theoretisch waren die Themen, welche die Mönche hier am Tisch debattierten.

Eine kleine Katze lief unter dem Tisch durch und Thomas nahm sie auf seinen Schoß. Sie erinnerte ihn an die Tiere auf dem elterlichen Bauernhof. Durch die Katze hatte sich der Junge ein Herz gefasst und er begann, mehr für sich, von seinem Dorf zu sprechen. Vom Hunger der Kälte, der harten Arbeit auf dem Feld und im Stall. Alle Mönche unterbrachen die Debatte und hörten ihm aufmerksam zu. Für diese armen Menschen wollten sie doch da sein und nicht für die Kirche. Alle wurden nachdenklich und später, als sich alle verabschiedeten, kam jeder noch einmal zu dem Jungen.

Am nächsten Morgen überbrachte Andreas seine Briefe, holte neue Briefe für sein Kloster und die anderen, auf ihrem Weg befindlichen, ab. Am Abend trafen sich wieder die Mönche, diesmal in der Unterkunft, in der sie wohnten. Sie führten wieder eine Debatte und es schien, dass sie das öfters taten.

Nach einer weiteren Nacht im Kloster, nach dem Essen und dem Gottesdienst am Morgen, brachen die Beiden wieder auf und gingen auf die Straße zurück in ihre Heimat. Beide hingen der Erinnerung an diesen Aufenthalt nach. Der Mönch und der Junge führten eine angeregte Diskussion während der Wanderung.

Dem Mönch machte es dabei gar nichts aus, dass er mit einem Kind debattierte, die Ansichten des Jungen fand er sehr erfrischend. Durch die unterschiedlichen Leben und Vorstellungen hatten sie auch unterschiedliche Ansichten. Während Andreas an den Worten Luthers hing, waren es für Thomas die Worte Müntzers, die ihn angesprochen hatten. Den ganzen Weg redeten sie über ihr Erlebnis mit den beiden Predigern.

Sie zogen den gleichen Weg zurück, den sie auch gekommen waren und sie übernachteten auch in denselben Klöstern. Auch auf diesem Weg nahm Andreas wieder Briefe mit, die er in den jeweiligen Klöstern überreichte. So waren sie so etwas wie Boten. Gleichzeitig redeten sie auch in den Klöstern mit den Mönchen über ihre Erlebnisse in der großen Stadt. Dabei redete aber nur Andreas, da er ja schon Mönch war. Thomas hielt sich dabei zurück.

7. Kapitel

Leben in Abgeschiedenheit

Drei Jahre waren seit ihrem Ausflug nach Wittenberg vergangen, drei Jahre in denen Thomas das Kloster nicht verlassen hatte. Er war jetzt 16 Jahre alt und vor kurzem als Novize in den Orden der Zisterzienser aufgenommen worden. Jeden Tag verbrachte er mit dem Studium der Bibel und Andreas half ihm bei allen Fragen zum Klosterleben.

Thomas hatte in das Leben der Chormönche und in das Leben der Arbeitsmönche geschaut und wusste noch nicht so richtig, für welchen der beiden Wege er sich entscheiden sollte. Die Chormönche beteten rund um den Tag jede Stunde immer die gleichen Gebete in der kleinen Kapelle. Die Arbeitsmönche, so wie Andreas einer war, hatten den ganzen Tag ihre Arbeit in dem Kloster, im Kräutergarten, bei der Krankenpflege oder als Lehrer für die Kinder der Dörfer.

Durch die harte Arbeit früher in seinem Dorf zog es Thomas mehr zu den Arbeitsmönchen hin, doch noch hatte er Zeit, sich zu entscheiden. Wenn er sich dann erst mal entschieden hatte, so musste er sich immer für drei Jahre festlegen, so hatte er es von Andreas gehört. Man konnte auch für drei Jahre das Kloster verlassen und als Wandermönch auf Pilgerreise gehen. Auch das Klosterleben ganz aufzugeben war jeweils nach drei Jahren möglich.

Seine Familie hatte er nun schon mehr als drei Jahre nicht gesehen, nur den Vater traf er ab und zu kurz, wenn der die Abgaben in das Kloster brachte. "Was wohl meine Schwestern machen?" fragte sich Thomas oft in Gedanken. Sie mussten jetzt zwölf und dreizehn Jahre alt sein. Mit dreizehn war er damals hier her gekommen.

Vielleicht würde der Vater auch eine der Schwestern ins Kloster schicken. Mal abgesehen vom Leben in der Abgeschiedenheit ging es ihm hier ganz gut. Er hatte ein Dach über dem Kopf, immer reichlich zu essen und die Arbeit war nicht so schwer wie damals im Dorf.

"Ich hätte es schlimmer treffen können." dachte sich der Junge. Er stand an dem Schreibtisch und laß die gedruckte Bibel. Am Nebentisch lag eine alte Handgeschriebene mit vielen bunten Bildern darin. Andreas hatte ihm erzählt, dass früher die Mönche noch die Bibeln abgeschrieben hatten, bevor es den Buchdruck gab. Die alte Bibel war viel schöner und wann immer er konnte laß Thomas lieber in der Handgeschriebenen. Die Energie des Mönches, der sie vor vielen hundert Jahren geschrieben hatte, steckte immer noch in jedem Wort, in jedem Bild und in jedem geschwungenen Buchstaben.

Johannes, der Bruder von Andreas, war fast jeden Tag im Kloster. Er brachte Briefe aus Leisnig vom Fürst zum Abt und ritt danach wieder mit Briefen zurück. Er und Thomas hatten sich angefreundet. Johannes hatte ihm erzählt, dass er und sein Bruder die Kinder eines reichen Kaufmannes aus einer Stadt nicht weit im Osten waren. Ein Tagesmarsch entfernt war ihr ehemaliges zuhause gewesen. Thomas kannte die Stadt gut. Dort hatte er früher mit seinem Vater oft Hühner oder Schweine auf dem Markt verkauft. Johannes älterer Bruder Siegfried hatte das Geschäft des Vaters übernommen, Andreas war ins Kloster gegangen und Johannes war in den Sold des Fürsten gekommen. Er diente ihm als Knappe im Krieg und als Bote in Friedenszeiten.

Thomas dachte daran, wie sehr sich die Schicksale doch gleichen würden. Sein älterer Bruder hatte ja auch den elterlichen Hof zu übernehmen, während er hier im Kloster war. Er konnte aber noch nicht abschätzen, wessen Los nun das schlechtere war. Im Gegensatz zu Andreas und Johannes. Aber die Beiden liebten sicher auch, was sie taten. Durch einen Mönch erfuhr Thomas, dass seine Schwester Maria im Kloster Nimbschen unter gekommen war. Als sich die Gelegenheit dazu bot, weil der Abt einen Brief überreichen wollte, nahm Thomas die Gelegenheit an, um zu dem Kloster zu gehen.

Als er am Tor des Klosters klopfte öffnete ihm seine Schwester. Sie war sehr überrascht ihren Bruder zu sehen und hatte ihn trotz der vielen Jahre sofort wieder erkannt. So wie damals er selbst mit Andreas, wurde auch sie von einer erfahrenen Nonne begleitet. Karola, wie sie sich vorstellte, kam aus einer Stadt ganz in Nähe seines Heimatdorfes, aus derselben wie Andreas, sie war zwar noch Novizin wie Thomas, hatte sich aber schon fest in das Kloster eingearbeitet. Sie tauschten sich über die ferne Heimat aus und Karola war ganz froh, mal wieder etwas von dort zu hören.

Auch über Glaubensfragen tauschten sich die Beiden aus. Genau wie er teilte auch Karola die Ansichten Müntzers. Zusammen saßen sie mit ein paar anderen Nonnen im Speisesaal des Klosters. Auch hier gab es Nonnen die mehr Luther zustimmten und andere die eher Müntzers Auffassungen vertraten. Einige lehnten aber beide Ansichten ab und hielten zur Ordensregel. Da ging es bei den Nonnen nicht viel anders zu, als wie bei den Mönchen. Thomas hatte das Gefühl, als ob die ganze Kirche im Umbruch war und sich durch alles ein Riss zog.

Karola war genauso alt wie Thomas und hatte bei den Zisterziensern denselben Weg genommen wie er. So wie ihn seine Schwester Maria jetzt einschlug. Das Mädchen saß zwischen Thomas und Karola und hörte den beiden jungen Erwachsenen aufmerksam zu. Die Beiden fanden sich auf Anhieb sympathisch und tauschten ohne Scheu ihre Erfahrungen im Orden aus. Die älteren Nonnen betrachteten die Gespräche der Beiden argwöhnisch, unterbrachen sie aber nicht. Am Abend brachte Karola Thomas zur Pforte des Klosters, wo sie sich voneinander verabschiedeten.

Die Nacht über blieb Thomas in einer Schänke in der Nähe, niemals hätte er die Nacht in einem Nonnenkloster verbringen dürfen, schon der Tag darin war fast eine Ehre und eine Ausnahme sowieso. Eigentlich hatte er ja seine Schwester besuchen wollen, doch unter den ganzen Gesprächen mit Karola hatte er sie nur ganz kurz gesehen und gesprochen. Wenn es ging wollte er dieses Treffen noch einmal wiederholen. Nach Sonnenaufgang machte er sich wieder auf den Heimweg in sein Kloster. Auf dem ganzen Weg dorthin hatte er ständig Karola im Kopf.

Das erste Mal beschlichen ihn Zweifel, ob das Leben im Kloster das richtige für ihn war. Wäre er nicht im Kloster, und Karola auch nicht, so könnten sie vielleicht ein normales Leben als Familie führen. Allerdings konnte er ja nur für sich reden, Karola hatte er ja nicht gefragt. Doch er hatte das Gefühl, ihr nicht egal gewesen zu sein. Am Abend dieses Tages war er wieder in seinem Kloster zurück und auch sein Grübeln legte er erst einmal zur Seite.

8. Kapitel

Ein gefährliches Buch

Im Sommer des Jahres 1522, Thomas war nun 18 Jahre alt, trat er als Mönch in den Orden ein. Er hatte sich für das Leben als Arbeitsmönch, als Konverse, entschieden. Das lag ihm am meisten und er konnte weiter mit seinem Freund Andreas zusammen arbeiten. Thomas kannte sich gut mit Kräutern aus und bekam daher den Kräutergarten und die Krankenbetreuung als Aufgabe zugeteilt. Da er der jüngste Mönch war musste, oder durfte, er auch am Sonntag den Kindern aus den umliegenden Dörfern die Bibel erklären.

Immer nach dem Gottesdienst, wenn die Eltern in der Schänke vor dem Kloster saßen, hatte er etwa 25 Kinder aus der Umgebung im Speisesaal des Klosters. Er erzählte kleine Geschichten aus der Bibel und er dachte sich bildhafte Gleichnisse aus, um den Kindern den Zugang zum Leben Jesu leichter zu vermitteln. Er und die Kinder hatten viel Spaß dabei.

Bei einer dieser sonntäglichen Lehrstunde kippte eines der Kinder einfach um. Thomas trug den kleinen Jungen, er war etwa sieben Jahre alt, in das Krankenzimmer über den Hof. Die anderen Kinder liefen zu ihren Eltern und die beiden Eltern des kleinen Jungen gingen schnell zu Thomas. Er hatte ihn schon untersucht und einen Kräuterwickel gemacht als die beiden Eltern eintrafen. Sie waren Handwerker, die oft auch hier im Kloster arbeiteten. Thomas konnte sie schnell beruhigen und ihnen die Sorgen um ihr Kind nehmen. Ein paar Tage Schonung hier in der Krankenstation würden dem kleinen Jungen gut tun.

Die Eltern vertrauten dem Mönch und schon am Sonntag der nächsten Woche, nach dem Unterricht, konnte der Junge wieder nach Hause. Thomas hatte ihm jeden Tag Geschichten erzählt und das gute Essen des Klosters, zusammen mit den Kräutern die Thomas ihm gegeben hatte, brachten den Jungen wieder zu Kräften.

Wann immer es möglich war hatte Thomas das Kloster Mariathron in Nimbschen aufgesucht und jedes Mal hatte er mit Karola gesprochen. So wie er war auch sie nun nicht mehr Novize sondern fest in den Orden eingetreten. Die Beiden verstanden sich gut, hielten aber die durch den Orden geforderte persönliche Distanz. Auf dem Weg zum Kloster und wieder zurück machte sich Thomas Gedanken um seine Zukunft. Karola durfte das Kloster nicht verlassen, so wie die anderen Nonnen ebenfalls nicht die Umgebung des Klosters betreten durften.

Einzig die Äbtissin hatte das Recht vor die Klostertür zu treten und so war der Besuch von Thomas immer wieder für alle dort eine wichtige Informationsquelle zu dem, was außerhalb der Mauern passierte. Im Kloster hatten auch die Nonnen ihre Arbeit. Sie betreuten einen Kräutergarten, so wie ihn auch Thomas betreute. Das Fachsimpeln mit den älteren Nonnen brachte viele Erkenntnisse für Thomas. Die Schriften der Heiligen Hildegart von Bingen waren in beiden Klöstern immer noch die Standartwerke für das verabreichen von Kräutern.

Als der Winter über das Land zog brachten zwei Mönche aus Wittenberg ein Buch mit in das Kloster, von dem viele Gerüchte bis zu ihnen gedrungen waren. Martin Luther hatte die Bibel aus dem Lateinischen ins Deutsche übersetzt. Am Abend wollten es alle Mönche im Speisesaal sehen, lesen und anfassen. Hier stand nun für jeden lesbar die Geschichte Jesu. Auch die einfachen Leute, wie die

Bauern und Handwerker, konnten es nun lesen, oder sich vorlesen lassen.

Die beiden Mönche erzählten, dass an den Sonntagen auf den Märkten nach dem Gottesdienst öffentlich aus der Bibel vorgelesen wurde. In Wittenberg fanden sich immer Dutzende Menschen ein, um der Vorlesung zu lauschen. Diese wiederum erzählten das Evangelium dann in den Dörfern oder Familien weiter. War es durch das Latein, das kaum einer der Menschen beim Gottesdienst verstand, bisher der Kirche gelungen die Menschen fern der Bibel zu halten, so wusste nun jeder, was darin stand.

Ein jeder konnte nun erfahren, dass Jesu nicht der König der Welt, sondern ein Handwerker, wie sie selbst, gewesen war und die meisten Apostel auch nur einfache Leute, die für ihren Glauben gestorben waren. Für die Kirche barg dieses Wissen eine große Gefahr, untergrub es doch die Machtposition der Kirche. Schon Luther hatte immer wieder darauf hingewiesen, dass durch den Glauben selbst zu Gott gefunden werden konnte und wozu brauchte man dann die Kirche?

Auch die Wichtigkeit des Ordens stellte diese Bibel infrage. Waren die Vorfahren der Mönche nicht arm gewesen? Wozu brauchte das Kloster dann diesen ganzen Reichtum? Durch Hunger und Abgaben an die Klöster war das Verhältnis der Bauern zur Kirche sowieso gespannt. Für die Klöster war dieses Buch sehr gefährlich und alle Mönche erkannten dies sofort.

Bei seinem nächsten Besuch erzählte Thomas den Nonnen von diesem Buch. Eine der Nonnen mit Namen Katharina erkannte, ebenso wie Thomas und Karola, die Gefahr für den Orden und die Wichtigkeit für die Kirche an sich. Diesen Luther hätten sie gern einmal getroffen, um mit ihm zu fachsimpeln, aber den Nonnen war es ja verboten. Daher erzählte Thomas von seinem Treffen, auch wenn das schon ein paar Jahre her war. Die Äbtissin sah dies aber nicht gern. Nach ihrer Auffassung störten diese Ansichten das Leben innerhalb des Klosters.

In diesem Kloster war es genau so wie in seinem. Es gab Nonnen wie Katharina, die zu Luther hielten, einige, so auch Karola, hielten zu Müntzer und viele der fast vierzig Nonnen lehnten diese Reformen gänzlich ab. Bei einem neuen Besuch brachte Thomas heimlich eine deutsche Bibel in das Kloster. Karola versteckte sie schnell, so dass die Äbtissin sie nicht sehen konnte. Heimlich lassen die Nonnen, die die Reformen unterstützten, dieses Buch. Genauso heimlich trafen sie sich im Kräutergarten in einer Ecke um sich darüber auszutauschen, ohne dass es die Äbtissin bemerkte. Diese hätte sicher nicht viel Verständnis mit diesem Treffen gehabt. Immerhin hatte Luther ja die Abschaffung der Klöster gefordert.

Die Äbtissin, eine Tante von Katharina, sorgte sich sehr um ihr Kloster. Was würde werden, wenn dieser Luther seine Vorstellungen verwirklichen konnte? Bei einem Treffen mit dem Abt des Klosters Buch, dem Kloster in dem Thomas lebte, brachte sie ihre Befürchtungen dazu zur Sprache und in dem Abt traf sie auf jemanden, der dieselben Befürchtungen hatte. Aber wie sollten sie diese Reformen verhindern? Am Ende würden sie sich der Weisung der Kirche beugen müssen.

9. Kapitel

Die Flucht aus dem Kloster

Als Thomas im Frühjahr des Jahres 1523 wieder mal im Kloster bei Karola war steckte diese ihm heimlich einen Brief zu. Nachdem er das Kloster verlassen hatte setzte er sich auf einen Baumstumpf und laß den Brief. Er war von der Nonne Katharina aus dem Kloster geschrieben worden und er sollte ihn zu Luther nach Wittenberg bringen. Die Nonnen baten ihn darin um Hilfe bei der Flucht aus dem Kloster. Zu Fuß würde es zu lange dauern und darum eilte Thomas zu einer nahe gelegenen Schänke. Das kleine Gebäude bestand aus einen Wirtsraum an den ein paar Zimmer sowie ein kleiner Stall für die Pferde der Reisenden angebaut waren.

Thomas öffnete die Tür und betrat den dunklen und zu dieser Zeit auch noch leeren Wirtsraum. Der Wirt saß auf einem Stuhl am Feuer und drehte sich zu Thomas um, als er die Tür hörte. Er stand auf und kam dem Mönch entgegen. Durch die vielen Besuche kannte ihn der Wirt gut und lieh ihm gern ein Pferd aus. Zusammen gingen sie zum Stall hinüber und der Wirt sattelte sein schnellstes Pferd. Thomas bedankte sich für die schnelle Hilfe und schwang sich noch im Stall in den Sattel des Pferdes. Den Brief verwahrte er sicher in einer Tasche, die er sich umhängte, der Wirt hielt die Stalltür auf und schon ritt Thomas los.

Er ritt so schnell das Pferd konnte nach Wittenberg. Die Bäume auf beiden Seiten der Straße rauschten nur so an ihm vorbei. Zum Glück hatte er auf dem Bauernhof, damals bei seinen Eltern, reiten gelernt, auch wenn es da nur ein Ochse als Reittier gewesen war. Nach wenigen Stunden war er in der Stadt angelangt. Vor der Brücke stieg er vom Pferd und führte das heftig schnaufende Tier am Zügel über die Holzplanken zur Stadt hinüber. Die Wachen am Tor kontrollierten ihn kurz, wunderten sich aber über den Mönch mit dem erschöpften Pferd. Bisher waren die Mönche immer zu Fuß zu Luther gekommen, diesmal schien es aber etwas Eiliges zu sein.

Thomas brachte das Pferd im Stall einer Schänke unter und ein Knecht rieb das Pferd trocken, während Thomas zum Kloster hinüber ging. In der Universität musste der Mönch warten, da Luther gerade in einer Beratung war. Er lief den Flur auf und ab, bis Luther endlich zu ihm trat. Er übergab den Brief und sie setzten sich zusammen auf eine Bank im Garten des Klosters.

Luther las den Brief und ließ ihn dann sinken. Er überlegte ein paar Augenblicke und dann nickte er Thomas zu. Gemeinsam gingen sie in die kleine Kapelle und beteten für den Erfolg des Unternehmens. Luther schickte Thomas wieder zurück, mit der Botschaft, dass er am Donnerstag vor Ostern die Nonnen befreien wollte. Da es schon begann dunkel zu werden übernachtete Thomas im Kloster, um direkt nach Sonnenaufgang sich wieder auf den Weg zu machen. Am Tor musste er, das Pferd am Zügel hinter sich, warten bis die Wachen die schweren Torflügel aufschoben.

Hinter dem Tor schwang er sich wieder in den Sattel und trieb das Pferd zur Eile an. Noch bevor die Sonne am höchsten Punkt stand übergab Thomas das vollkommen erschöpfte Pferd wieder an den Wirt. Langsam ging er zum Kloster und schaute, wer am Tor des Klosters stand. Als er Karola sah ging er schneller zu ihr hinüber. Er sagte schnell zu ihr "Am Donnerstag vor Ostern, also in zwei Wochen, wird euch Luther helfen. Ich werde dann auch wieder hier sein." Karola nickte und lächelte Thomas zu.

Im fernen Wittenberg überlegte Luther mit ein paar seiner Freunde, wie man den Nonnen helfen konnte. Eine Woche später, als Thomas wieder in Wittenberg war, hatte er zusammen mit einem Torgauer Ratsherr einen Plan gefasst. Am Mittwoch vor Ostern fuhr Thomas mit einen Fuhrmann und einer Wagenladung Heringe von Wittenberg zum Kloster. Sie übernachteten beim Wirt in der kleinen Schänke und am Morgen fuhr der Fuhrmann alleine zum Kloster. Thomas war dort zu bekannt und es wäre sofort aufgefallen, wenn er den Wagen begleitet hätte.

Zwei Stunden später kam der Wagen wieder an der Schänke an. Eine Plane war über die Fässer gespannt. Als Thomas eine Ecke anhob sah er in die erschrockenen Augen der neun Nonnen, die sich auf dem Wagen versteckt hatten und dachten, dass sie erwischt worden waren sowie ihre Flucht schon zu Ende war. Der Fuhrmann hatte die Fässer so gestellt, dass in der Mitte ein großer Hohlraum war.

Thomas reichte den Nonnen ein paar Kleider hinein, zog die Plane zu und fuhr mit dem Fuhrmann los. So schnell es ging wollten sie nach Wittenberg, bevor ihr Fehlen im Kloster bemerkt werden würde. Zum Glück war in dem Kloster durch die Ostervorbereitung so viel zu tun, dass das Fehlen der Nonnen sicher erst bei der Abendandacht bemerkt werden würde. Katharina hatte dafür gesorgt, dass die neun Nonnen eine Arbeit abseits der anderen im Garten erhalten hatten.

Am Abend erreichten sie die Stadt. Die ehemaligen Nonnen stiegen vom Wagen. Sie hatten ihre Nonnengewänder in eines der leeren Fässer verstaut und nun erinnerten nur noch ihre kurzen Haare an den langen Aufenthalt im Kloster. Thomas half ihnen einer nach der anderen herunter, nachdem er zwei der Fässer zur Seite geschoben hatte. Als letzte stieg Karola vom Wagen. Thomas sah ihre kurzen braunen Haare jetzt zum ersten Mal. Zuvor hatte sie ja immer die Haube der Nonnen getragen. Beide schauten sich lange in die Augen, bevor sie zusammen, am Schluss der Gruppe, durch das Stadttor gingen. Luther empfing die kleine Gruppe und brachte sie in einem Gasthof neben dem Kloster unter. Er wollte die Frauen nicht noch einmal in ein Kloster bringen, aus dem sie ja gerade erst entwischt waren.

Zum Abendgebet gingen alle in die kleine Kirche der Stadt. Nach dem Gottesdienst erklärte Luther allen seine weiteren Vorstellungen. Am nächsten Tag wollte er die Frauen zu verschiedenen Freunden bringen, damit sie versorgt sein würden. Karola würde als Kindermädchen zu einem Ratsherrn kommen.

Thomas verabschiedete sich von Karola am nächsten Morgen an ihrem neuen zuhause. Es fiel ihnen Beiden sichtlich schwer sich wieder voneinander zu trennen. Schließlich riss sich Thomas los, er winkte der Frau noch einmal zu, als sie die Tür schloss und dann machte er sich wieder auf den Weg in sein Kloster.

10. Kapitel

Ein Mönch auf Wanderschaft

Da Thomas ja bereits seit einem Jahr immer wieder in Sachsen umhergezogen war, meist zum Kloster nach Nimbschen, überlegte er sich Anfang des Sommers 1523 für drei Jahre als Wandermönch auf Pilgerschaft zu gehen. Luther hatte ihm in Wittenberg von seiner Reise nach Rom erzählt und nun wollte er selbst diese heilige Stätte sehen. Er verabschiedete sich von Andreas und nahm seinen Wanderstab.

Von Kloster zu Kloster zog er in Richtung Süden. Er folgte den Pilgerwegen und erreichte nach einer Woche Regensburg, wo er einen breiten Fluss überwinden musste. In der Stadt schloss er sich einer Gruppe von Mönchen an, die denselben Pilgerweg hatten wie er. Zusammen mit den zehn Mönchen machte er sich nach ein paar Tagen auf den Weg. Nicht lange und sie gelangten an ein paar hohe Berge, die sich ihnen Quer vor ihren Weg stellten. So hohe Berge hatte Thomas noch nie gesehen. Auf einigen von ihnen lag sogar jetzt im Sommer noch Schnee.

Wie sollten sie diese Berge überwinden? In einer kleinen Kapelle am Fuße der Berge fragten sie den dort tätigen Pfarrer und dieser vermittelte ihnen einen Führer, der sie sicher über den Pass auf die andere Seite des Gebirges bringen würde. Da die Mönche kein Geld hatten versprachen sie dem Bergführer, für seine Seele zu beten. Für sich dachte Thomas an Luthers Lehre, dass ja nur der Bergführer für sich selbst beten konnte, doch für diese selbstlose Tat würde der alte Mann bestimmt Gottes Gnade finden, war Thomas überzeugt.

Es war ein beschwerlicher Aufstieg auf ein paar sehr schmalen Wegen. Wenn sie den alten Bergführer nicht gehabt hätten wären sie sicher nicht über den Berg gekommen, doch der alte Mann kannte jeden Stein und jeden Strauch. Er wusste ganz genau, wo man gehen konnte und wo lieber nicht. Auf der Spitze des Berges lag der Schnee noch kniehoch, während es unten im Tal sommerlich heiß gewesen war. Ganz langsam und vorsichtig bewegte sich die kleine Gruppe durch den Schnee hindurch. Wer hier ausrutschte konnte leicht zu Tode kommen. Vor und hinter ihnen war nur blanker Fels und es ging steil bergab.

Der Weg nach unten war für die Männer noch beschwerlicher, als der Weg hinauf es gewesen war. Sie stützen sich gegenseitig und auch auf ihre Wanderstäbe um nicht auszurutschen. Vor sich sahen sie eine weite Ebene, die mir grünen Wiesen im Kontrast zu der kargen Berglandschaft stand, die sie gerade durchquerten. Auf schlängelnden Pfaden, immer hin und her, gingen die Männer dem Tal entgegen. Unten lag eine kleine Kapelle, ähnlich der, in der sie vor dem Aufstieg gebetet hatten. In dieser Kapelle verabschiedeten sie sich von ihrem Helfer und beteten als Dank für ihre sichere Überquerung.

Neben der Kapelle lag eine kleine Herberge, in welcher die Mönche, da es schon begann Dunkel zu werden, die Nacht verbrachten. Bei dem Gedanken an den Berg zitterten Thomas auch am Abend noch die Knie. Nach dem Frühstück am nächsten Morgen beteten sie erneut in der kleinen Kapelle, bevor sie sich wieder auf den Weg machten. Sie zogen einen kleinen Fluss entlang, der sich in die weite Ebene hinaus schlängelte.

Auf sehr alten, aber guten Straßen zogen sie weiter in Richtung Rom. Auch hier blieben sie meist in kleinen Klöstern über die Nacht, manchmal auch in Pilgerherbergen, die sich an den Wegen befanden und durch die Symbole der Pilger an den Türen kenntlich gemacht worden waren. Schließlich erreichten sie endlich Rom und staunten über die vielen alten Gebäude, von denen einige nur noch als Ruinen zu sehen waren.

Thomas wollte in Rom auch die Baustelle der neuen Papstkirche sehen, die ja auch mit dem Geld seiner Familie, das beim Kauf eines der Ablassbriefe bezahlt worden war, errichtet wurde. Den Grundriss der Kirche konnte man schon erkennen und die Baustelle war riesengroß. Viele Arbeiter waren dort damit beschäftigt diese Kirche zu errichten.

Da es auf den Herbst zuging und Thomas nicht im Winter über das Gebirge zurück in die Heimat wollte machte er sich, nachdem er sich von den anderen verabschiedete hatte, alleine auf den Weg weiter in Richtung Süden. Er ging mit seinem Wanderstock immer am Meer entlang, bis es nicht mehr weiter in Richtung Süden ging. Die Gegend war ihm ganz fremd und doch, durch den langen Aufenthalt hier, schon sonderbar vertraut. Die Bäume waren alle sehr klein und sahen sonderbar aus. Keiner der ihm aus der Heimat bekannten Bäume wuchs hier. Dafür war es viel zu warm. Selbst zum Anbruch des Winters war es hier noch so war, wie bei ihm zuhause in manchen Jahren im Sommer.

Nach dem Weihnachtsfest machte er sich wieder auf den Weg in Richtung Norden, der Heimat entgegen. Mit dem beginnenden Frühling stand er, diesmal alleine, wieder an der kleinen Kapelle am Fuße des Berges. Sollte er allein den Aufstieg wagen? Er entschloss sich den Pfarrer der kleinen Kapelle zu bitten ihm einen Bergführer zu vermitteln, was dieser auch gern tat. Dieser Bergführer war in Thomas Alter und zusammen gingen sie, sich fröhlich unterhaltend, den Berg hinauf. Durch die lange Wanderschaft in dem flachen Land kam Thomas aber schnell außer Puste, da er den Anstieg nicht gewohnt war. Sein Bergführer, mit dem Namen Peter, nahm aber schnell Rücksicht auf den im Bergwandern unerfahrenen Mönch.

Glücklich im Tal angekommen bedankte sich Thomas überschwänglich bei seinem neuen Freund. Zusammen gaben sie in der Kapelle ein Dankgebet ab, bevor ein jeder der beiden wieder seinen Weg einschlug. Thomas in Richtung Norden der Heimat zu und Peter zurück über den Berg nach Süden in seine Heimat. Auf dem kürzesten Weg ging Thomas zu seinem alten Kloster, wo er die Osterfeiertage begehen wollte und pünktlich eine Woche vor Ostern hatte er sein Ziel erreicht.

Die anderen Mönche begrüßten Thomas und wollten ganz genau wissen, was Thomas in dem fremden Land alles so erlebt hatte. Nach der Abendandacht saßen sie noch lange im Speisesaal und hörten zu, was der Mönch aus der Ferne zu erzählen hatte. Von Italien, dem Berg und von Rom, der ewigen Stadt. Es dauerte ein paar Tage bis Thomas alles erzählt hatte.

11. Kapitel

Die Hungerrevolte

Nach den Osterfeierlichkeiten machte sich Thomas wieder auf den Weg, er war ja immer noch ein Wandermönch. Der Aufenthalt im Kloster hatte ihm gut getan und ihm neue Kräfte gebracht. Nun wollte er sich in seiner Heimat umsehen. Am Tor hatte Andreas Dienst und die beiden Freunde verabschiedeten sich. Andreas hätte es lieber gesehen, wenn Thomas noch etwas im Kloster geblieben wäre, aber ihn zog es hinaus auf den Wanderpfad. Was sollte ein Wandermönch schon anderes machen und wenn Thomas etwas tat, dann voll und ganz.

Zuerst wollte er natürlich nach Wittenberg, um nach Karola zu sehen. Freudig und beschwingt machte er sich auf den Fußweg zu der fernen Stadt. Auf dem kürzesten Weg, seinen Wanderstock fest in der Hand und seine Tasche auf dem Rücken, wie immer, zog er los.

So schnell war er noch nie gegangen. Bereits am nächsten Mittag war er am Stadttor angelangt und von dort war es nicht mehr weit bis zu dem Haus, in dem Karola nun seit einem Jahr lebte und arbeitete. Thomas klopfte am Tor an und eine ältere Magd öffnete. "Ich möchte Karola besuchen. Kannst du sie an das Tor rufen?" brach die Anspannung aus Thomas heraus. Die Magd schüttelte den Kopf "Nein, sie hat uns vor zwei Wochen verlassen. Sie wollte ihre Familie besuchen. Vielleicht findest du sie dort." antwortete sie und schloss das Tor wieder.

Mit hängenden Kopf und Schultern stand Thomas eine ganze Weile vor der Tür, bis er sich wieder gefangen hatte. So sehr hatte er sich auf das Wiedersehen gefreut und so sehr war er nun enttäuscht.

"Na ja, da habe ich sie nur um zwei Wochen verpasst, aber ich weiß ja wo ihre Familie wohnt" dachte sich der Mönch und machte sich wieder auf den Weg. Keine Stunde war er in Wittenberg gewesen.

Er schlug den Pfad Richtung Süden ein. Diesmal zog er langsamer von Pilgerunterkunft zu Pilgerunterkunft, von Herberge zu Herberge. Da er ja kein Geld hatte war er als Wandermönch immer auf die Barmherzigkeit seiner Mitmenschen und manchmal seiner Wegbegleiter angewiesen. Er zog von Dorf zu Dorf und überall konnte er sehen, wie schlecht es den Bauern ging. Er hatte das ja noch in Erinnerung und doch hatte er das Gefühl, dass es den Bauern noch schlechter ging als damals. Auf einer Strecke wurde er von einem Fuhrmann mitgenommen und beide unterhielten sich auf dem Weg zu einer Mühle. Der Wagen war nicht einmal halb voll mit Säcken und doch war es die ganze Ernte eines Dorfes.

So wenig Korn war geerntet worden und doch waren die Abgaben die gleichen geblieben wie vorher. Es blieb also fast nichts zum Leben für die Bauern übrig. Der Fuhrmann erzählte, dass in einem Dorf die Bauern sogar Korn kaufen mussten, um die Angaben für die Lehnsherren zu erbringen. Sie verkauften dafür ihr letztes Vieh. Thomas hatte das Gefühl, das es immer nur noch schlimmer wurde, je weiter er marschierte und je weiter er nach Süden kam. Sah er das nur so, da er ja durch das Kloster regelmäßige Nahrung gewohnt war, oder war es wirklich so? Der ungeliebte Haferbrei seiner Kindheit wurde jetzt noch mit Sägemehl gestreckt. Das machte ihn zwar in der Menge mehr aber nicht bekömmlicher.

Er sah viele Kinder, die ständig Hunger hatten und ihn mit großen Augen ansahen, wenn er in die Dörfer kam. Thomas hielt oft Andachten oder gab Schule in den Dörfern. Jeder Apfel, den er unterwegs aufgesammelt hatte, wurde ihm sofort aus den Händen gerissen und wie ein großer Schatz bestaunt. Genüsslich aßen sie ihn dann später, wenn er nicht sofort verschlungen worden war.

Alle Bauern klagten und stöhnten unter der Last der Abgaben. Viele verließen ihren Hof um sich bei Thomas Müntzer Rat zu holen. Ein regelrechter Zug von Pilgern und Bauern hatte nach Allstedt und, ab Februar 1525, nach Mühlhausen eingesetzt und da es damit immer weniger Bauern in den Höfen gab, wurde die Not für die Verbliebenen immer größer. Die Lehnsherren erhöhten einfach Pacht und Abgaben für alle. Die ganze Situation spitzte sich immer weiter zu, wie Thomas von Tag zu Tag bemerkte. Es bedurfte nur noch eines kleinen Anlasses und alles würde außer Kontrolle geraten.

Den Winter verbrachte Thomas bei seiner Familie in dem alten Dorf, dass er nun schon ein paar Jahre nicht mehr gesehen hatte. Die Häuser kamen ihm noch viel schäbiger und heruntergekommener vor, als er sie in der Erinnerung hatte. Sein Bruder, sein Vater und seine Mutter waren froh ihn mal wieder zu sehen. Seine Schwestern waren nun beide ebenfalls im Kloster. Nur so warf der Hof noch genug zum Überleben ab, aber wie sollten drei Menschen die ganze Arbeit auf dem Feld schaffen? Sein Vater hatte resigniert und sein Bruder war drauf und dran sich Müntzers Gefolgschaft anzuschließen, doch wer sollte dann den beiden Alten bei der Arbeit helfen?

Auch Frau und Kinder konnte sich sein Bruder nicht leisten, wie hätte er sie auch ernähren können. Er musste alleine auf dem Feld arbeiten, eine Frau hätte ihm zwar geholfen, aber ernähren hätte er sie nicht gekonnt. Erst wenn er den Hof einmal alleine führen würde, wäre auch Zeit für eine Familie gekommen.

Im Frühjahr schloss sich Thomas dem Zug der Bauern an und erreichte, mit ein paar von ihnen, endlich vor Ostern die Stadt, in der

Müntzer predigte. Überall sah er Bauern, einige hatten sich mit Mistgabeln und gerade geschmiedeten Sensen bewaffnet. Einige führten Äxte und Sicheln in ihrem Gürtel. Bisher hatten sie diese Dinge nur als Werkzeug oder zur Verteidigung bei ihren Wanderungen gebraucht. Aber nun? Jetzt wurden diese Gegenstände zu Waffen in den Händen entschlossener Männer.

Müntzer predigte den ganzen Tag. In der Kirche, auf dem Markt oder im Zeltlager der Bauern. Es waren bestimmt schon ein paar tausend Männer hier rings um die Stadt versammelt. Täglich wurden es mehr. Als Müntzer sah, dass er sie nicht besänftigen konnte, setzte er sich an die Spitze der Bauern. Der Aufstand hatte begonnen und es ging gegen die Lehnsherren, für die Gerechtigkeit und die Gleichheit, so wie es Müntzer schon vor ein paar Jahren in Wittenberg gefordert und immer wieder gepredigt hatte.

12. Kapitel

Vor den Toren der Stadt

Thomas war in einem Zelt untergekommen, in dem schon fünf Bauern lebten, von denen keiner älter war als er. Sie verstanden sich alle gut, da sich Thomas durch seine Wanderungen gut in ihre Lage versetzen konnte. Von Tag zu Tag wurden mehr Zelte aufgebaut. Bauern hielten rund um das Lager Wache, einige gingen in den umliegenden Wäldern auf die Jagd, gemeinsam wurde gekocht und alle konnten sich satt essen. Für viele war dies allein schon ein Wunder.

Schließlich begannen einige Gruppen von Bauern sich die Früchte ihrer Arbeit von den Lehnsherren zurückzuholen. Burgen wurden belagert und gestürmt, Klöster geplündert und Nonnen befreit. Da diese Klöster nach Luthers Lehre sowieso abgeschafft werden sollten brannten die Bauern sie einfach nieder. Die Pachtunterlagen wurden zerrissen und verbrannt. Der Ruf nach Freiheit von der Knechtschaft wurde immer stärker und konnte nicht mehr überhört werden. Die Ritter und Burgherren flohen und versammelten sich in sicherer Entfernung, weit außerhalb des Bereiches der Bauern.

An einem sonnigen Tag traf Thomas, als er gerade in die Stadt gehen wollte, Karola wieder. Er blieb erstaunt stehen. Überall hatte er sie gesucht und nun trafen sie sich hier in der Menge von Bauern wieder. Sie ließ den Wassereimer fallen und fiel ihm um den Hals. Zusammen setzten sie sich auf eine Wiese und begannen lange zu erzählen. Sie arbeitete in einer der Armenküchen in der Stadt und ab jetzt wollte auch Thomas dort mit aushelfen. Hand in Hand gingen sie zur Küche, nachdem Thomas den Wassereimer wieder am Bach gefüllt hatte.

Sie betraten den dunklen und verrauchten Raum. Etwa zwölf Frauen arbeiteten an einigen Tischen und rupften Geflügel, putzten Gemüse oder kochten an Töpfen. Eine ältere Frau nahm Thomas den Eimer ab und goss das Wasser in einen großen Kessel, der in der Mitte des Raumes über dem Feuer hing. Die beiden Neuankömmlinge gingen zu einem Tisch und begannen beim Gemüseschneiden zu helfen. Thomas nahm sein Messer aus der Tasche, das er für seine Wanderungen immer darin hatte, und schälte ein paar Zwiebeln. Die Tränen liefen nur so herunter und er wusste nicht, ob es Freudentränen des Wiedersehens oder Tränen des Zwiebelschneidens waren. Vermutlich beides gleichzeitig.

In der Küche wurde gesungen, gescherzt und gelacht. Die schwere Arbeit ging allen flink von der Hand. Die ersten Bauern versammelten sich mit ihren Schüsseln vor dem Eingang und schauten in die Küche, ob es schon was zu essen gab. Die ältere Frau, die jetzt neben dem Eingang stand, vertröstete die Bauern und schickte sie immer wieder mit einem lustigen oder derben Spruch vor die Tür zurück.

Schließlich stellte die alte Frau fest, dass die Suppe gut war. Mit Thomas, Karola und einer weiteren Frau hoben sie den Kessel vom Feuer und stellten ihn auf einem Tisch am Eingang, während vier andere Frauen einen neuen Kessel über das Feuer hängten und befüllten. Die ältere Frau begann die Suppe zu verteilen und ab und zu erhielt einer der Bauern einen Fetzen Fleisch aus dem Kessel, was jedes Mal mit Gejohle und schulterklopfen für den Glücklichen begrüßt wurde. Schließlich war der eine Kessel leer und der andere nahm seinen Platz ein. Viele hungrige Bauern galt es zu versorgen.

Am Abend spürte Thomas jeden Knochen im Leib von der schweren Arbeit. Er verabschiedete sich von den Frauen und schlief in seinem Zelt sofort ein. Nach Sonnenaufgang traf er wieder in der Küche ein, die Frauen sangen da schon ein Lied und waren sicher schon seit einer Stunde mit der Arbeit beschäftigt. Thomas wollte an diesem Tag immer das Wasser für die Kessel hohlen. Er hatte gehofft, dass dies nicht ganz so viel Arbeit war, aber er wurde enttäuscht.

Der Bach war von der Küche genauso weit entfernt wie der nächste Brunnen. Jedes Mal war es eine halbe Stunde hin und genau so lange wieder zurück. Am Vortag hatte er die Länge der Strecke gar nicht bemerkt, weil er ja mit Karola im Gespräch gewesen war, aber heute drückten ihn die Wassereimer, die er in einer Tragevorrichtung über den Schultern hatte, mehr und mehr zu Boden. Noch vor der ersten Essensausgabe musste Karola ihn schon ablösen und Thomas musste sich erst mal neben den Eingang der Küche setzen, um wieder zu Kräften zu kommen.

Nach nicht einmal der halben Zeit die Thomas dafür gebraucht hatte kam Karola singend wieder zurück. Der Mönch bewunderte den Elan der jungen Frau und auch ihre Kraft. Beim nächsten Gang machten sie sich zusammen auf den Weg und beim erzählen merkte Thomas gar nicht, wie schwer die Eimer und wie lang der Weg waren. Karola sagte "Das Geheimnis ist das Singen. Es lenkt mich ab. Versuche es doch auch einmal." zusammen sangen sie den ganzen Weg und wirklich, Karola hatte recht, es lenkte ab und der Mönch merkte gar nichts mehr von der Anstrengung und der schweren Arbeit.

Auch an diesem Abend fiel er erschöpft in seinem Zelt auf seinen Strohsack und so bemerkte er nicht, dass Karola am Eingang des Zeltes stand und nach ihm sehen wollte. Fast zärtlich deckte sie den schlafenden Mönch zu, so wie es eine Mutter auch mit ihrem Kind tun würde. Die anderen Bauern in dem Zelt schmunzelten, als sie dies sahen. Am nächsten Morgen erzählten sie Thomas von dem abendlichen Besuch. Auf dem Weg zur Küche kam ihm Karola entgegen, sie hatte an diesem Tag keinen Dienst in der Küche und konnte darum mit ihm die Stadt erkunden. Sie gingen Hand in Hand über einen Platz und keiner der Bauern fand daran etwas seltsam, dass ein Mönch mit einer Frau spazieren ging.

Karola erzählte ihm, dass daran keiner etwas Anstößiges finden würde. Luther lehnte das Zölibat ab und Müntzer war sogar verheiratet und hatte einen kleinen Sohn, der erst ein paar Monate alt war und den er bei seiner Frau in Allstedt zurück lassen musste, als er vor seinen Verfolgern geflohen war. Thomas sah viele Mönche der verschiedenen Orden unter den Bauern und da sie alle noch hier waren, waren sie auch mit Müntzers Meinung zu den Klöstern und deren Abschaffung einverstanden. Karola war ja auch aus einem Kloster geflohen und Müntzers Frau, so hatte es ihm Karola erzählt, war auch eine geflohene Nonne.

13. Kapitel

Der große Haufen

Mitten auf der Straße standen Thomas und Karola vor einer Gruppe von Menschen. Ein weißes Banner mit einem Regenbogen darauf überragte die Gruppe der Bauern. Durch eine Lücke zwischen den Menschen konnte Thomas einen Mönch sehen, der mit dem Rücken zu ihm stand und das Banner hielt, während er mit der anderen Hand in der Luft gestikulierte. Als der Mönch sich umdrehte erkannte Thomas den Mönch. Es war Müntzer der eine Ansprache hielt.

Als Müntzer die beiden durch die Lücke sehen konnte stutzte er. Von irgendwo her kannte er den Mönch. Er ging zu den Beiden, die Gruppe der Bauern gab den Weg frei und schloss sich um Karola und die beiden Mönche. Müntzer legte dem Mönch die Hand auf die Schulter, es war zwar ein paar Jahre her, aber Beide hatten sich doch erkannt. Müntzer hob das Banner an und drückte es Thomas in die Hand. "Unter diesem Banner werden wir siegen." sagte Müntzer und der Mönch nickte. Mit zwei Händen hob er das Banner hoch und die Bauern jubelten um sie herum.

Die Drei gingen, gefolgt von immer mehr Bauern, die Straße hinunter zum Stadttor. Unmittelbar vor der Stadt war eine große Wiese. Am Rande dieser Wiese, neben ein paar Bäumen, stand ein Ochsenkarren, den ein paar Bauern gerade abgeladen hatten. Müntzer stieg auf diesen Wagen, drehte sich um und gab dem Mönch hinter sich die Hand. Er zog Thomas auf die Plattform des Wagens. Immer mehr Bauern versammelten sich auf der Wiese um den Wagen. Thomas hielt das Banner hoch, in das der Wind fuhr. Der Regenbogen auf dem Banner wehte über den beiden Mönchen.

Karola stand neben dem Wagen und schaute nach oben zu dem Banner. Es stand etwas Lateinisches darauf, was sie nicht lesen konnte, weil der Wind den Stoff zu sehr hin und her wehte. Schließlich hatte sie es doch erkennen können „Verbum Domini maneat in aeternum" stand dort. Da sie im Kloster lesen gelernt hatte, und dazu natürlich auch Latein gehörte, wusste sie das Müntzer damit „Das Wort des Herrn bleibe in Ewigkeit" meinte. Nur dem Herrn fühlte er sich verpflichtet, keiner der Obrigkeiten, sei es nun Kirchlich oder Weltlich, stand zwischen ihm und Gott. So sollte es für alle Menschen sein. Karola nickte bei dem Gedanken und schaute zu den beiden Mönchen auf dem Wagen hinauf.

Thomas stand hinter dem Prediger, der unmittelbar vor ihm eine Rede hielt, und schaute auf die Menge von Menschen, die sich vor ihnen versammelt hatte. Es mussten tausende von Bauern sein, die auf dieser Wiese standen und jetzt zuhörten, was Müntzer zu predigen hatte. Das Banner des Regenbogens flatterte über ihnen und einige hatte Fahnen dabei, auf denen Schuhe abgebildet waren. Bundschuhe, so wie sie die Bauern trugen und so wie sie auch Thomas als Kind auf dem elterlichen Hof getragen hatte. Viele der Bauern waren bewaffnet mit Spießen und Sensen oder Mistgabeln, die die Menge der Bauern überragten und die die Bauern im Jubel nach oben reckten.

Von der ganzen Predigt bekam er nur ein paar Wortfetzen mit. Müntzer erzählte von ihrem Weg, von Gerechtigkeit, von Demut und Barmherzigkeit. Aber auch vom Kampf gegen all die, welche die Bauern immer mehr ausbeuteten. Mit den Worten „Für unsere Freiheit lasst uns kämpfen." beendete Müntzer seine Predigt und stieg unter dem Jubel der Bauern wieder vom Wagen herunter. Jetzt stand nur noch Thomas oben und hielt das Banner fest. Müntzer drehte sich um, nachdem er vom Wagen gestiegen war und reichte dem Mönch die Hand, damit auch er vom Wagen steigen konnte. Die Menge zerstreute sich langsam und Müntzer lud Karola und Thomas für den Abend in sein Zimmer ein.

Gern waren die Beiden der Einladung gefolgt und nun saßen sie zum Abendessen in der kleinen Stube des Predigers. Das Mahl war schlicht und nicht so üppig, wie es manchmal im Kloster gewesen war, aber auch daran sah man, dass es Müntzer ernst meinte mit seinen Ansichten. Nach dem Essen kam er auch auf die abendlichen Treffen damals mit Luther in Wittenberg zu sprechen. Seit dieser Zeit damals hatten sich die Ansichten der beiden Mönche weit voneinander entfernt. Während Luther zu den Landesherren stand und nur die Kirche reformieren wollte, hatte Müntzer vor, alles zu ändern.

Hier saß er, umgeben von tausenden Bauern und er hatte die Chance diese Vorstellungen zu verwirklichen. Die Bauern hatten ihm die Stärke gegeben, doch aus der fernen Stadt hatte auch Luther Einfluss auf die Bauern. Einige waren noch unentschieden, ob sie kämpfen oder verhandeln sollten. Konnten sie denn wirklich gewinnen? Auch Müntzer stellte sich immer wieder im Stillen diese Frage und auch während des Gespräches schweifte sein Blick durch das Fenster zu den Bauern auf der Wiese. Er sah den Schein der hundert Feuer von unten. Aber konnten diese einfachen Leute einer Armee standhalten? Bisher waren sie nur auf geringen Widerstand gestoßen und auch den hatte die Masse von Bauern schnell brechen können. Aber eine organisierte Armee war sicherlich nicht so einfach zu bezwingen. Schnell mussten sie handeln, bevor sich die verjagten Herren sammeln und organisieren konnten.

Nachdem sich Thomas und Karola von Müntzer verabschiedet hatten, und unten vor dem Haus auf der Straße standen, sagte Karola „Ich glaube es wird sich schon in den nächsten Wochen entscheiden ob er siegreich sein wird, oder ob wir alle sterben werden." Thomas schaute zum erleuchteten Fenster hinauf, hinter dem sie gerade noch am Tisch gesessen hatten, und nickte wortlos. Hand in Hand gingen sie den Weg entlang auf die Wiese zu, auf der die Feuer der Bauern brannten. Viele der Bauern würden ihre Familien vermutlich nicht wieder sehen, wenn es wirklich zu einem Kampf kommen würde. Waren sich die Bauern dessen bewusst? Thomas wusste es nicht, aber die Bauern waren durch den Hunger und durch die Ausbeutung durch die Lehnsherren hierher gezwungen worden und wenn sie nicht kämpften, dann war alles, was sie bisher erreicht hatten, verloren.

Am Zelt angekommen verabschiedete sich Karola von dem Mönch. Thomas stand noch lange am Eingang und schaute der Frau hinterher, die wieder zurück in die Stadt ging. Am nächsten Morgen würden sie sich in der Küche wieder sehen.

14. Kapitel

Bauern und Mönche

Durch seine Hilfe in der Küche war Thomas immer ganz dicht an den Erzählungen der Bauern dran. Jeder Neuankömmling, jeder Melder und jeder, der das Lager verließ, kam zur Küche, um sich Verpflegung geben zu lassen. Während die Frauen in der Küche arbeiteten konnte Thomas mit den Bauern vor der Küche reden. Jede Neuigkeit und jedes Gerücht hörte er daher zuerst. Zum Ende des Aprils hörte er täglich von den Entwicklungen in der nicht weit entfernten Stadt Frankenhausen.

Dort sammelten sich immer mehr Bauern, wenn auch nicht so viele wie hier in Mühlhausen. Hier mochten es sicher schon zehntausend sein. „Wenn man diese beiden Haufen vereinigen könnte, so hätte man ein Heer, was unbezwingbar wäre." hörte Thomas die Bauern oft reden. Am 29. April kam es in Frankenhausen zur Erhebung der Kleinbürger. Müntzer sagte ihnen zu, mit dem Mühlhausener Haufen nach Frankenhausen zu ziehen.

Er hielt eine große Ansprache, die von allen Bauern mit Jubel begrüßt wurde. Alle stimmten dem Plan zu und ein Bote machte sich sofort mit dem Ergebnis auf den Weg nach Frankenhausen. Diese Zusage motivierte die Aufständigen in Frankenhausen, die ganze Stadt und das Rathaus zu besetzen. Der Rat der Stadt wurde gestürzt und aus der Stadt gejagt. Das Schloss in Frankenhausen und das dortige Nonnenkloster wurden gestürmt sowie geplündert. Einige der Nonnen schlossen sich den Bauern an, andere flüchteten in andere Klöster. Urkunden, Schuldbriefe und das Stadtsiegel wurden von den Bauern vor dem Rathaus vernichtet.

Allerdings waren nach der Ansprache Müntzers wieder Teile der Bauern in Mühlhausen gegen dessen Vorschlag vorgegangen. Einige wollten lieber aus ihrer, nun gewonnenen, Stärke heraus mit den Fürsten verhandeln. Der Kampf war eben nicht ihr Handwerk, so wie dies anders bei den Fürsten und deren Heeren war.

Es dauerte aber immer noch mehr als eine Woche, bis Müntzer endlich aufbrechen konnte. In der Zwischenzeit hatten gemäßigte Kräfte auch in Frankenhausen für Verhandlungen mit den Fürsten gestimmt, bevor wieder, nach einem Überfall der Fürsten auf eine Stadt, die Bauern gegen umliegende Klöster in den Kampf zogen. Die innere Zerrissenheit der Bauern wurde immer deutlicher sichtbar. Einerseits wollten sie für ihr Recht kämpfen, aber andererseits wollten sie kein unnötiges Blutvergießen. Ihr eigentliches Handwerk war die Landwirtschaft und sie wollten dem ohne Hindernisse nachgehen.

Am Abend des 9. Mai verabschiedete sich Thomas von Karola, da er am nächsten Tag mit Müntzer aufbrechen wollte. Karola würde in Mühlhausen bleiben. "Wenn ich dort wieder Lebend weg komme, dann werde ich eine Nachricht in meinem Kloster für dich hinterlegen, oder ich werde dort auf dich warten." sagte er zum Abschied zu ihr. Lange schaute er, am Eingang seines Zeltes stehend, Karola nach, die zurück zur Stadt ging und sich oft nach ihm umsah. In dieser Nacht kam er lange nicht in den Schlaf. Warum hatte er das zu Karola gesagt? Waren sie nicht bisher siegreich gewesen? Sollte sich das nun etwa ändern?

Als die Sonne am nächsten Morgen aufging machte sich Müntzer mit etwa 300 Bauern und acht Ochsengespannen mit dahinter hängenden Kanonen auf den Weg nach Frankenhausen. Thomas ging unmittelbar hinter Müntzer und trug die weiße Fahne mit dem

Regenbogen darauf. Sie zogen den Weg über Berge und durch Wälder. Immer entlang der Straße, sie übernachteten auf einer Lichtung mitten im Wald und stellten die Karren im Kreis. Dort stellten sie Wachen auf und versorgten die Ochsen. Nachts saßen einige von den Bauern am Feuer und auch Thomas setzte sich dazu. Aus den Gesprächen hörte er, dass auch diese Bauern ähnlich dachten und dieselben Ängste hatten wie er selbst.

Im Morgennebel brachen sie alle ihr Lager wieder ab und zogen weiter. Bereits gegen Mittag des Tages erreichten sie die Tore der Stadt. Die Bauern und Handwerker in Frankenhausen waren enttäuscht, weil nur dreihundert, statt der erwarteten zehntausend Kämpfer kamen.

Aus anderen Teilen des Landes war nun keine Hilfe mehr zu erwarten. Die Bauern waren entweder schon vom fürstlichen Heer geschlagen worden oder hatten sich mit den Fürsten geeinigt. Nun waren fast alle Aufständigen in Frankenhausen versammelt. Nachdem Müntzer Mühlhausen verlasen hatte waren die zurückgebliebenen Kräfte in Verhandlungen mit den Fürsten eingetreten. Der Haufen hatte sich danach aufgelöst und einige der Bauern kamen zu Müntzer nach Frankenhausen. Nun würde das fürstliche Heer die Bauern sicherlich in Frankenhausen stellen wollen.

Am Morgen des 14. Mai hörte Thomas Kanonendonner von der Stadtmauer heruntertönen. Er macht sich auf den Weg, um zu sehen, was da wohl los war. Unterwegs traf er Müntzer, der offensichtlich dieselbe Absicht hatte. Durch die Gassen der Stadt eilten sie zum Tor und stiegen daneben, über eine Treppe, auf den Wehrgang der Stadtmauer. Neben einer der Kanonen suchten sie sich einen Beobachtungsplatz. Neben ihnen luden Gesellen die Kanone und feuerten sie immer wieder ab. Thomas musste sich die Ohren zu halten.

Dort unten wehrten die Bauern, westlich der Stadt, mehrere Angriffe des feindlichen fürstlichen Heeres ab. Thomas hatte von seinem Platz auf der Mauer der Stadt alles mit angesehen und auch Müntzer war mit dem Ausgang dieser Kämpfe sehr zufrieden. Er konnte die Bauern aber nicht dazu gewinnen den Feind zu verfolgen und zu vernichten. So würde das feindliche Heer sicher wieder Kraft sammeln und sich mit frischen Kräften verstärken können. Thomas hatte sich vorgenommen keine Waffe anzufassen. Seine Kraft sollte das Wort und das Gebet sein.

Später an diesem Tag verließ ein Großteil der Bauern die Stadt und bezog einen hohen Berg, unmittelbar neben der Stadt. Sie errichteten auf dem Gipfel dieses Berges eine Wagenburg und brachten dort ihre mitgebrachten und dafür von der Stadtmauer abgezogenen Kanonen in Position. Noch am Abend dieses Tages trafen ein paar Reiter des fürstlichen Heeres bei den Bauern ein und überbrachten eine Botschaft. Schnell ging das Gerücht durch das Lager, dass der Führer des fürstlichen Heeres, Landgraf Phillip, die Bauern zum Niederlegen der Waffen sowie zur Auslieferung Müntzers und der Hauptleute aufgefordert hatte.

Einige Bauern, die einem weiteren Kampf aus dem Wege gehen wollten, und lieber mit Verhandlungen zum Erfolg kommen wollten, ließen sich auf diese Verhandlungen ein. Im Zuge dieser Verhandlungen wurde auch eine befristete Waffenruhe vereinbart. Die Gespräche der Anführer der Bauern gingen hin und her, aber es war an diesem Abend keine Entscheidung mehr zu treffen. Thomas suchte sich bei Einbruch der Dämmerung einen Schlafplatz in einem der Wagen der Wagenburg und schlief schnell ein. Draußen wurde an den Feuern noch bis tief in die Nacht, zum Teil sehr lautstark, gestritten, doch Thomas war viel zu Müde, um davon geweckt zu werden.

15. Kapitel

Ein ferner Ruf

Die Bäume schienen auf ihn zu zukommen. Wie Hände griffen die Zweige nach ihm. Der Mönch lief durch den dunklen Wald, nein, er lief nicht, er rannte. Wer war hinter ihm her? Aus der Finsternis sah er eine dunkle Gestalt auf sich zukommen, im Mondlicht blitzte eine Klinge auf. Der Mönch riss die Arme zum Schutz nach oben und versuchte sein Gesicht zu bedecken, aber konnte er die Klinge damit wirklich abwehren? Der kalte Stahl zerschnitt den Stoff seiner Ärmel und berührte seine Haut. Mit einem Schrei und in Schweiß gebadet schreckte der Mönch aus dem Traum auf und schaute sich um. Andreas saß auf dem Bett in seiner Zelle im Kloster und fragte sich „Woher kam nur dieser Traum?"

Vom anderen Ende seiner Zelle vernahm er ein quietschen. Die Türe öffnete sich einen Spalt und ein Lichtschein fiel in das Dunkel des Zimmers. Ein anderer Mönch, durch den Schrei geweckt, steckte verschlafen seinen Kopf durch die Tür, aber bevor er irgendetwas fragen konnte sagte Andreas "Es war nur ein Traum." Der andere Mönch nickte, verließ das Zimmer und schloss die Tür leise hinter sich. Andreas stand auf und schaute durch das Fenster neben dem kleinen Kreuz, es war mitten in der Nacht. Er zündete das Talglicht an und dachte an seinen Freund Thomas, der nun schon viele Monate auf Wanderschaft war. Wo war er in diesem Moment? Und kam der Traum vielleicht von ihm? War er in Gefahr? Da Andreas nun schon mal wach war, und irgendwie auch Angst vor dem wieder Einschlafen und dem Traum hatte, wollte er in die kleine Kirche des Klosters hinunter gehen, um für ihn, und die anderen Mönche auf Wanderschaft, zu beten.

Leise ging er, mit seinem Talglicht in der Hand, erst den dunklen Flur entlang, an den Zimmern der Mönche vorbei und danach die Treppe hinunter. Mit einem knarren öffnete er die Tür und trat in den nur spärlich beleuchteten Raum hinein. In der Kapelle saßen vorn am Altar zwei Mönche und beteten das stündliche Gebet. Andreas setzte sich in die letzte Reihe und schaute nach vorn. Neben dem Altar stand die Figur des heiligen Santiago. Einer der Mönche hatte diese Figur vor ein paar Jahren von einer Wallfahrt mitgebracht. Den ganzen langen Weg, vom Ende der Welt bis hier her, hatte er diese schwere, hölzerne Figur auf seinem Rücken getragen. Zu diesem Heiligen, dem Schutzpatron der Wandermönche, betete Andreas nun, das seinem Freund draußen nichts passierte.

Er dachte plötzlich, mitten im Gebet für Thomas, auch an seinen Bruder Johannes, der mit den Männern des Fürsten auf dem Kriegszug gegen die Bauernaufstände war. Obwohl er diesen Krieg nicht gutheißen konnte schloss er seinen Bruder dennoch mit in das Gebet ein. Lange saß er in der Kirche, bis hinter dem Altar das Licht der aufgehenden Sonne durch die Fenster schimmerte. Der neue Tag begann gerade sein erstes Licht durch die bunten Scheiben zu schicken und genau jetzt, in diesem Moment, stand die Sonne hinter dem Bild, auf dem der Heilige Georg abgebildet war. Durch das Licht begann der Heilige wie von innen heraus zu leuchten.

In seiner schimmernden Rüstung kämpfte er mit dem Drachen, den er mit seinem Speer durchbohrte, während der Drache sein Maul aufriss. Gut gegen Böse. Engel gegen Drachen. Wer aber war in diesem Kampf der Gute? Der Bauer, der sich gegen die Ausbeutung durch seine Herren auflehnte, oder sein Bruder, der gegen diese Bauern kämpfte? Welche Rolle spielte dabei aber sein Freund Thomas? Und welche Rolle spielte er, Andreas, hierbei?

In vielen Gesprächen mit den Bauern, die ihre Pacht ins Kloster bringen mussten, hatte er von der Not der Familien erfahren. Ihm im Kloster war es bisher immer gut gegangen und im Gegensatz zu seinem Freund war er aus vornehmem Haus, aus der Familie eines Kaufmannes. Er selbst hatte nie Hunger oder Kälte erleben müssen. Thomas hatte ihm von den Hungerwintern seiner Kindheit erzählt. Die Kinder der Bauern, die jeden Sonntag zur Schule kamen, hatten oft nicht mal das Nötigste zum anziehen. Die Mönche versuchten den Kindern so gut es ging zu helfen, so wie Thomas es angefangen hatte, so führte nun Andreas die Schule der Kinder und oft gab er den kleinen einen Apfel oder eine andere Leckerei. Auch er hatte an den leuchtenden Augen die Dankbarkeit der Kinder bemerkt.

War es aber nicht die Gottgegebene Ordnung, die diese Bauern ablehnten? Konnte man diese Probleme nicht auch mit friedlichen Mitteln lösen? Er sah wieder auf das Bild des Heiligen Georg und die Sonne stand nun über ihm und beleuchtet das goldene Kreuz am Altar. Sollten sie als Mönche nicht eigentlich den Glauben bei den Menschen stärken und nicht solche Reichtümer anhäufen? Würde ein hölzernes Kreuz nicht genauso, oder, da Jesus Zimmermann gewesen war, noch besser, zu ihrem Anspruch passen?

Welcher Weg war der Bessere? Der Weg Luthers, der Buße und des Glaubens, oder der Weg Müntzers, der Gleichheit und Gerechtigkeit? Konnte ein Weg der mit Gewalt einherging, wie der den Müntzer beschritt sowie predigte, wirklich der richtige sein? So viele Fragen und dennoch keine Antwort. Andreas stöhnte leise auf und einer der beiden Mönche schaute sich nach ihm um. Die beiden Mönche erhoben sich von der Bank, auch Andreas stand auf, er bekreuzigte sich und verließ zusammen mit den beiden anderen die kleine Kirche. Im Vorraum traf er auf die anderen Mönche, die gerade die Treppe herunter kamen und in den Speisesaal gingen. Das

Frühstück musste vorbereitet werden damit später, nach der Morgenandacht, alle zusammen essen konnten.

Andreas ging sich schnell waschen und schloss sich dann den anderen Mönchen an, um wieder in die kleine Kapelle zurück zu gehen. Den ganzen Tag über arbeitete Andreas besonders hart, um nicht wieder in die Gedanken der Nacht und des Traumes zurück zufallen. Die Bilder verblassten aber trotz der Arbeit nicht und am Abend waren sie wieder genauso stark da, wie in der Nacht zuvor.

Auch an diesen Abend setzte er sich in die Kapelle. Er beendete den Tag so, wie er ihn begonnen hatte, mit einem Gebet für seinen Bruder, für Thomas und für das Ende dieses Kampfes zwischen den Menschen.

16. Kapitel

Eine blutige Schlacht

Am 15. Tag des Monats Mai im Jahre 1525 wurde Thomas durch Kanonenschüsse geweckt. Er steckte den Kopf aus seinem Zelt. Es war schon heller Tag und die Kanonen der Bauern schossen vom Hügel abwärts in das Tal. Da es sonst in der Wagenburg der Bauern ruhig blieb, sah auch der Mönch keinen Grund zur Eile. Später sagte ihm einer der Kanoniere, dass sie versucht hätten die Vereinigung des Heeres im Tal zu verhindern, dass dies aber gescheitert war. Der Mönch kletterte auf einen der Wagen neben der kleinen Kanone, während die Bauern neben ihm Kanonenkugel und Pulver aufstapelten.

Von dort oben konnte er über die Kante des Ochsenkarrens in das Tal hinunter blicken. An den vielen bunten Fahnen und schimmernden Rüstungen konnte er das Heer unter sich deutlich erkennen. Er sah, dass sich die Kämpfer zu beiden Seiten des Berges aufgestellt hatten. Es mussten bestimmt genauso viele Kämpfer sein wie es hier oben Bauern waren. Die Bauern hatten jetzt zwar den Vorteil der höheren Position, aber das Heer hatte ihnen damit den Weg in das Tal abgeschnitten.

Aus dem Tal waren nun Hornsignale zu hören und dann sah der Mönch, dass von unten ein paar Reiter den Weg nach oben kamen. Am Eingang der Wagenburg wurden sie empfangen und zu den Anführern gebracht. Als sie wieder fort geritten waren machte sich Unruhe im Lager breit. Ein Gerücht machte die Runde, dass das Heer Müntzers Herausgabe gegen freien Abzug der Bauern angeboten hatte und dafür eine Waffenruhe von drei Stunden zum überlegen zugesichert hatte.

Einige der Bauern waren dafür Müntzer zu opfern und an das Heer auszuliefern, doch die große Menge war dagegen. Thomas Müntzer rief darum alle zu einem Gottesdienst zusammen, um den Bauern Mut zu machen. Mit der Fahne in der Hand stellte sich der Mönch hinter Müntzer, während dieser begann seine Predigt zu halten. Obwohl er nur auf Armlänge hinter dem Prediger stand hörte und verstand der Mönch nur Satzfetzen, er war viel zu aufgewühlt, um der Predigt zu folgen.

Müntzer begann zu den Bauern zu sprechen "Liebe Brüder, ihr seht, dass die Tyrannen, unsere Feinde, da sind, und unterstehen sich, uns zu erwürgen, und sind doch so furchtsam, dass sie uns nicht angreifen, ... Gott spricht oft in der Schrift, er wolle den Armen, den Frommen helfen und die Gottlosen ausrotten. ... Christus, der die Händler aus dem Tempel stieß, würde er diese Pfaffen und was an ihn hängt verderben? ... ist es nicht ein Wunder, dass Gott wenigen und unbewaffneten Leuten den Sieg geben wird, wider vielen tausend ... ihr seht, dass Gott auf unserer Seite ist, denn er gibt uns jetzt und hier ein Zeichen. Seht ihr nicht den Regenbogen am Himmel? .... Es will Gott nicht, dass ihr Fried mit den gottlosen Fürsten macht."

Ein Blitz von der Seite zog die Aufmerksamkeit des Mönches vollkommen von der Predigt ab. Es dauerte eine ganze Weile, bis er den Blitz und die Rauchwolke zusammen bekam. In dem Moment schlug die Kugel in einen der Wagen ein. Splitterndes Holz und das Kippen des Wagen brachten auch den letzten der Bauern zum erstarren. Immer mehr Kugeln kamen geflogen. In Panik stürzten die Bauern durcheinander. Bevor auch nur einer einen Befehl zur Verteidigung fassen konnte, stürmte das fürstliche Heer von zwei Seiten den Berg hinauf.

Die Waffenruhe war noch längst nicht vorbei, als Reiter und Fußvolk des fürstlichen Heers über die Bauern herfielen. Durch die von den Kanonen geschlagenen Brechen in der Wagenburg stürmten die ersten Reiter, von oben aus mit dem Schwert schlagend, zwischen die Bauern. Die in ihren Rüstungen gehüllten Kämpfer des fürstlichen Heeres hatte ein leichtes Spiel mit den nur in Leinen gehüllten und, durch die Predigt, zum großen Teil unbewaffneten Bauern.

Unter Zurücklassung ihrer, gegen die gepanzerten Angreifer sowieso fast unbrauchbaren, Waffen versuchten hunderte von Bauern den Berg nach unten zur Stadt zu laufen. Einige stellten sich mit ihren Sensen, Sicheln und Mistgabeln dem Heer entgegen, dass mit Rüstungen, Schwertern, Schildern und Speeren viel besser ausgerüstet und durch die Kampferfahrung auch viel besser ausgebildet war. Der geringe Widerstand der Bauern brach an vielen Stellen in einem blutigen Gemetzel zusammen.

Der Mönch stand, die Regenbogenfahne in der Hand, vor Angst wie erstarrt hinter Müntzer. Dieser drehte sich um, entriss ihm die Fahne und stürzte sich in das Getümmel, um die Bauern bei ihrem Widerstand zu unterstützen. Wie ein einzelner unbeweglicher Baum blieb der Mönch inmitten der kämpfenden, wegrennenden und sterbenden Menschen stehen. Unfähig auch nur einen Arm zu heben sah er das Sterben rings um sich.

Aus einer Gruppe von Kämpfern lösten sich ein paar mit Rüstungen und Helmen bewährte Krieger. Sie liefen Schwertschwingend genau auf den Mönch zu. Thomas trat einen Schritt zurück und stürzte, so dass er auf dem Rücken zu liegen kam. Einer der Kämpfer holte mit einer Streitaxt zum Schlage aus und beugte sich über ihn, während die anderen an den Beiden vorbei liefen. Die Augen der beiden Gegner trafen sich und Thomas erkannte den Bruder seines Freundes Andreas als seinem Gegenüber. Auch Johannes erkannte, wen er da vor sich hatte. Er konnte aber den Schlag nicht mehr abfangen, sondern lenkte die schwere Axt im Schlage um.

Mit einem dumpfen Ton schlug die Axt neben dem Ohr des Mönches in den Boden. Die Klinge streifte seine Schulter, doch er verspürte keinen Schmerz. Ungläubig sah er auf die Axt, die seinen Kopf nur um Fingerbreite verfehlt hatte und nun neben seinem Kopf in der Erde steckte. Eine Sekunde zuvor hätte sie noch seinen Kopf spalten können. Johannes zischte ihm ein "Verschwinde!" zu, zog die Axt wieder aus dem Boden, stand auf und stürzte sich, die Axt schwingend, wieder in den Kampf.

Thomas sah nach oben zum Himmel und versuchte wieder aufzustehen. Der Angriff hatte ihm die Bewegungsmöglichkeiten zurück gegeben. Unschlüssig stand er da. "Verschwinde hat Johannes gesagt. Nur wohin? Nach oben oder nach unten?" dachte er. Sein Blick ging nach unten, zu den flüchtenden Bauern, die Bergab zur Stadt liefen und danach nach oben, zu den Hängen des Kyffhäusers, die sich hinter der Wagenburg erhoben.

Eine innere Stimme sagte "Nach Oben!" zu ihm und der Mönch rannte sofort los, so schnell er konnte, durch die Massen von Menschen, ohne noch einen Blick auf die Kämpfenden zu seinen beiden Seiten zu werfen.

17. Kapitel

Flucht durch den Wald

Schnaufend lief Thomas den Berg hinauf. Vor sich sah er den Waldrand und hinter sich hörte er den Lärm der Schlacht. Er wagte nicht sich umzudrehen, er hoffte den schützenden Waldrand zu erreichen, bevor ihn die Verfolger eingeholt haben würden. Er wusste nicht, ob er verfolgt würde oder nicht, er hatte nur das Grün des Waldes vor sich als Ziel. Es schien ihm, als ob er auf der Stelle lief, die Bäume kamen einfach nicht näher. Thomas hatte die Kutte hochgezogen, damit er besser laufen konnte, und hielt den Saum mit beiden Händen fest.

Völlig außer Atem erreichte er die kleine Buschgruppe direkt vor dem Waldrand. Seinen Lauf nicht abbremsend stürmte er in das Unterholz des Waldes. Die Äste schlugen ihm ins Gesicht und da er die Kutte festhalten musste, konnte er nicht die Hände nach oben nehmen, um sein Gesicht zu schützen. Ein Dornenbusch schlug ihm mit seinen Zweigen ins Gesicht und riss ihm die Stirn über den Augenbrauen auf. Blut lief ihm über die Nase, so wie es auch aus der Wunde an der Schulter über seinen Rücken lief. Er war ein paar hundert Meter in den Wald gelaufen, als eine Wurzel seinen Lauf stoppte. Er stolperte und fiel auf seine Knie. Seine Lunge rasselte von dem Lauf und ihm wurde vor Erschöpfung schwarz vor den Augen. Thomas fiel einfach nach vorn um, landete im Moos des Waldes und verlor das Bewusstsein.

Als der Mönch die Augen wieder öffnete, war es ringsum schon Dunkel. Er tastete zu seiner Schulter, die Berührung jagte einen Schmerz durch seinen Körper, so dass er aufschrie. Er biss sich auf die Hand und lauschte in das Dunkel des Waldes hinein. Hatte ihn jemand gehört? Nein, alles blieb still. Auch von den Kämpfen war nichts mehr zu hören. Thomas drückte seine Hand auf die Wunde die das Beil gerissen hatte. Die Berührung hatte die Wunde wieder aufplatzen lassen und er spürte wie sein Blut über die Hand lief. Der Mönch setzte sich auf und lehnte sich mit dem Rücken an den Stamm des Baumes hinter ihm. Mit einem Streifen seiner Kutte, den er vom Saum abriss, verband er die Wunde. Er zog den Verband so fest wie es ging und stoppte damit die Blutung.

Der Mond war gerade aufgegangen und durch das Licht konnte sich der Mann orientieren. Thomas schaute nach oben, es war zunehmender Mond und die Hälfte der Himmelsleuchte war zu sehen. Sein silbernes Licht reichte bis zum Waldboden herunter. Der Mönch musste Bergauf gehen, damit er nicht in die Hände der Verfolger fallen konnte. Vor sich sah er ein paar Kräuter die er kannte und von denen er wusste, dass sie die Schmerzen stillen und die Wunde heilen konnten. Zum Glück hatte er oft in seinem Kräutergarten mit diesen Pflanzen zu tun gehabt, so dass er sie auch im fahlen Mondlicht wieder erkannte. Ein paar der Blätter schob er unter den Verband und die anderen steckte er in die Tasche. Langsam ging er durch das Unterholz, bis er an einen kleinen Bach gelangte. Er legte sich an das Ufer des Gewässers und schlief vor Erschöpfung sofort wieder ein.

Die Sonnenstrahlen, die durch das Geäst der Bäume auf sein Gesicht fielen, weckten ihn. Thomas stemmte sich hoch und biss die Zähne zusammen, um sein Versteck nicht zu verraten. Vor dem Gebüsch, nur ein paar Armlängen entfernt in einer breiten Schneise des Waldes, floss der kleine Bach, über ein paar Steine springend, in das Tal hinunter. Der Mönch schlich zum Rand des Gebüschs, schaute sich nach allen Seiten um und lauscht erst eine ganze Weile, bis er sich an das Wasser heran traute. Vorsichtig zog er sich die Kutte über den Kopf. Das ehemals weiße Stück Stoff hatte eine breite rote Spur von seinem Blut auf der Rückseite. Der Mönch wusch zuerst die Wunde aus und danach seine Kutte. Während er die Wunde wieder verband trocknete seine Kleidung im Gras neben ihm. Zum Glück war dieser Mai schon richtig warm und die Sonne schien auf ihn herunter.

Mit dem Messer aus seiner Tasche schnitzte er sich aus einem Ast einen Wanderstock und zog seine Kutte wieder an. Ein Stück Brot, das er ebenfalls in seiner Tasche gehabt hatte, ließ er sich noch schmecken, bevor er sich unter Schmerzen nach oben stemmte. Vorsichtig ging er den Berg immer höher. Er mied die Wege und Straßen, bewegte sich, wo es ging, durch das dichte Unterholz, ohne einen Laut zu verursachen, und stieg auf der anderen Seite den Berg wieder hinunter. Der Abstieg war viel Steiler und er stürzte ein paar Mal. Der Stock verhinderte, dass er sich weiter verletzte. Die Wunde an der Stirn schmerzte jetzt mehr als seine Schulter, die Kräuter halfen offensichtlich schon. Gerade noch rechtzeitig vor dem Einbruch der Dämmerung war er am Fuße des Berges angelangt.

Thomas versuchte weiter immer im Schutze von kleinen Wäldchen vorwärts zu kommen und vermied größere Lichtungen. Im Zick Zack seiner Bewegungen blieb er doch immer in Richtung Norden und entfernte sich damit immer weiter von dem Schlachtfeld.

Am Abend des zweiten Tages sah er, nicht weit entfernt, vor sich ein kleines Licht. Es war ein kleines Bauernhaus, das auf einer Lichtung im Wald stand. Nur ein Haus und ein Stall waren zu sehen. Sollte er hinein gehen? Er zögerte nur kurz und klopfte dann an. Eine alte Frau öffnete ihm. Sie war die einzige Bewohnerin des Hauses und bot Thomas etwas zu essen und ein Nachtlager an, das der Mönch dankend annahm.

Er betrat einen kleinen Raum, so wie er ihn aus seiner Kindheit kannte. Unwillkürlich zog er den Kopf ein, obwohl der Raum an sich hoch genug gewesen wäre, um Aufrecht zu stehen. Unbehauene Balken bildeten die Decke des Raumes, Dunkel und zugig, so wie viele Bauernhäuser, nur durch ein flackerndes stinkendes Talglicht beleuchtet, lag der einzige Wohnraum des Hauses vor ihm. Der Mönch setzte sich auf die Bank vor dem Tisch und die alte Frau brachte ihm etwas Wasser in einem Krug und Getreidebrei zum Abendessen. Erst jetzt hier am Tisch, in der Ruhe der Hütte dachte er an Karola und fragte sich, wie es ihr wohl ergangen war.

18. Kapitel

Zurück im Kloster

Mehr als eine Woche war Thomas in dem Haus der alten Bäuerin geblieben. Seine Wunden hatten sich in dieser Zeit geschlossen. Die alte Frau war immer noch alleine in ihrem Haus. Ihr Sohn war bei der Schlacht gewesen und da er noch nicht zurück gekehrt war, war er vermutlich in der Schlacht ums Leben gekommen oder gefangen genommen worden. Sie hatte auch die Kutte geflickt und den Saum neu genäht. Thomas half ihr mit den beiden Kühen und den Schweinen, so gut er es vermochte. Die Erfahrung seiner Jugend half ihm dabei.

Jeden Abend hatten sie vor der Hütte gesessen und gewartet, auf was wussten sie Beide nicht. Stumm hatten sie so zusammen in die Ferne geschaut. Eines Morgens verabschiedete sich der Mönch und machte sich auf den langen Fußweg zurück in sein Kloster. Ein Wandermönch unterwegs war nichts Besonderes und er kam an allen Wachen vorbei, die von dem siegreichen Heer aufgestellt worden waren. Auf seinen Wanderstock gestützt ging er durch die kleinen Dörfer, übernachtete in Klöstern oder Schänken, manchmal auch einfach nur im Wald.

So war er nun schon wieder fast einen Monat unterwegs, als er langsam zurück in die heimische Gegend gelangte. Die Straßen und Wälder waren ihm hier wieder vertraut. Je mehr er sich seinem Kloster näherte, umso beschwingter wurde er. Vor sich hin pfeifend durchstreifte er ein kleines Waldstück, seine Schritte wurden immer schneller und weiter. Plötzlich blieb er stehen und dachte nach. Konnte er hier einfach so Pfeiffend durch den Wald gehen? Nach all dem, was er in der letzten Zeit gesehen hatte?

Er setzte sich wieder in Bewegung. Nachdenklich ging er weiter und grübelte vor sich hin, warum er verschont worden war, während viele andere den Tod gefunden hatten. Hatte er noch eine Aufgabe? Was hatte Gott mit ihm vor?

Zwischen zwei Dörfern bemerkte Thomas ein Pferdegespann, das an einer Wegkreuzung stand. Der Fuhrmann kontrollierte den Vorderhuf von einem seiner beiden zotteligen Pferde. Der Mönch trat an den Wagen heran und fragte "Nimmst du mich ein Stück mit?" Der Fuhrmann setzte den Huf seines Pferdes auf den Boden zurück und blickte auf. Als er den Mönch sah hellten sich seine Gesichtszüge auf. "Gern, in fahre zur Mühle ins übernächste Dorf. Steig auf." dann strich er dem Pferd über den Kopf und stieg hinter Thomas auf den Wagen hinauf. „Ein Gottesmann an meiner Seite kann nur von Vorteil sein." sagte der Fuhrmann, als ihm Thomas die Hand zum aufsteigen reichte.

Er war in etwa so alt wie der Mönch, als er auf dem Wagen saß, nahm er die Zügel in die Hand und schnalzte mit der Zunge. Die Pferde zogen an und der Wagen setzte sich langsam in Bewegung. "Wo kommt ihr her?" fragte er den Mönch. Thomas überlegte, ob er die Wahrheit sagen sollte. Er blickte nach oben und sah, wie zur Bestätigung seiner stummen Frage eine Taube über sich fliegen. "Ich komme von Frankenhausen." Der Fuhrmann stutzte und sagte dann, ohne weiter auf den Ort einzugehen, "Viele von uns sind dort gestorben." Thomas nickte stumm. "Ich war nicht dort, aber einer der dort in der Stadt gewesen war, hat mir davon erzählt." begann der Fuhrmann. "Ich war dort und habe wie durch ein Wunder überlebt." entgegnete der Mönch "Ich konnte fliehen. Was weißt du von der Schlacht?"

Der Fuhrmann erzählte weiter "Viele auf dem Berg sind getötet oder gefangen worden. Alle, die den Berg hinab gelaufen sind, sind zwischen die Teile des Heeres geraten und niedergemacht worden. Kaum einer der vielen hundert unbewaffneten und flüchtenden Bauern hat überlebt. Keiner hat die rettende Stadt erreicht. Das Blut hat den kleinen Bach dort rot gefärbt. Es war furchtbar."

Thomas gab im Stillen ein Dankgebet an Jesus Christus ab, dass er sich zur richtigen Seite gewandt hatte und dass er bergauf geführt worden war. Nur so war er jetzt noch am Leben. „Ende Mai haben sie auch den Müntzer hingerichtet." erzählte der Fuhrmann weiter, Thomas zuckte zusammen und dachte an ihr letztes Treffen, als er ihn mit der Fahne in der Menge der Bauern hatte verschwinden sehen. „Ich dachte er wäre in der Schlacht gefallen." sagte der Mönch, aber der Fuhrmann schüttelte den Kopf „Nein, er wurde gefangen genommen. Sie haben ihn gefoltert, enthauptet und danach seine Kopf in Mühlhausen auf einen Pfahl gesteckt." Der Fuhrmann spuckte, aus Abscheu vor dieser Grausamkeit, neben den Wagen auf die Straße.

Während die beiden müden Pferde langsam den Wagen über die holprige Straße zogen sprachen die beiden Männer auf dem Wagen weiter über ihr Leben und ihre Wünsche. Sie fuhren durch mehrere kleine Waldstücke und überquerten auf einer steinernen Brücke einen Bach. Als der Wagen zu der Mühle, die am Rande des Baches lag, abbog verabschiedete sich Thomas und sprang vom langsam fahrenden Wagen auf die Straße hinunter. Er blickte dem Wagen noch eine Weile hinterher, bevor er wieder seinen Weg fortsetzte.

Ein kleiner Berg war noch zu überqueren, hinter dem er sein Kloster wusste. Von oben konnte er auf den kleinen Fluss herab schauen und sah auch den Kirchturm seines Klosters, dass in der

Flussschleife lag. Nun ging es nur noch Bergab und wie zur Begrüßung hörte er die Glocke der Kapelle, die die Mönche zum Gebet rief. Bei Einbruch der Dämmerung hatte er sein Kloster wieder erreicht. Er trat an das Eingangstor und griff zur Glocke. Einen Moment stand er so da mit der Schnur in der Hand und überlegte, ob es richtig war nun wieder ins Kloster zu gehen, nach all dem, was er erlebt hatte.

Mit einem kräftigen Zug setzte er die Glocke in Bewegung. Wenig später öffnete sich die Eingangstür und Andreas trat vor das Kloster. Als er seinen Freund erkannte stürzte er auf Thomas zu und umarmte ihn. Andreas legte ihm die Hand auf die Schulter und Thomas zuckte zusammen. Die Wunde war zwar verheilt aber sie schmerzte noch. Zusammen gingen die beiden Mönche in das Kloster hinein. Thomas ging zuerst in die kleine Kapelle und dankte noch einmal für seine Rettung. Danach ging er mit Andreas zu den anderen Mönchen, die gerade zum Abendessen zusammen gekommen waren.

Nach dem Essen bestürmten ihn alle mit Fragen. Thomas erzählte viel, aber seinen Beitrag zu den Bauernaufständen und zur Schlacht verschwieg er. Dies wollte er lieber nur seinem Freund im Vertrauen erzählen.

19. Kapitel
Gegenüberstehen

Thomas war ein paar Tage im Kloster geblieben und nun wieder zu Kräften gekommen. Von einem anderen Mönch, der auf Wanderschaft durch ihr Kloster kam und hier übernachtet hatte, hatte er erfahren, dass Luther sich verlobt hatte und in den nächsten Tagen heiraten wollte. Thomas fielen wieder die Fragen ein, die ihn schon oft im Traum heimgesucht hatten. Diese Hochzeit war eine Gelegenheit sie Luther zu stellen und eine Antwort zu erhalten. Er verabschiedete sich von Andreas und machte sich zu Fuß auf den Weg nach Wittenberg. Er war nun fest entschlossen Luther zu seiner Haltung zu den Bauernunruhen und zu seiner Zurückhaltung wegen des Todes Müntzers zur Rede zu stellen.

Der Mönch hatte einen Weg vor sich, der ein paar Tage dauern würde, in denen er durch die heimischen Wälder zog und in denen er in verschiedenen Schänken und Klöstern übernachtete. Immer wieder ging er in Gedanken alle die Fragen durch, die er Luther stellen wollte. Immer und immer wieder, die gleichen Fragen, bis er endlich vor sich die Brücke, und dahinter die Stadt Wittenberg mit ihren Türmen, sah.

Thomas passierte das Stadttor und nickte den beiden Wachen freundlich zu. Auf dem ihm schon lange bekannten Weg zum Kloster, in dem auch Luther wohnte, gingen vor und neben ihm immer mehr festlich gekleidete Menschen, die alle denselben Weg einschlugen wie der Mönch. Thomas wurde neugierig und er schloss sich ihnen an. Zusammen gingen sie alle zu einer kleinen Kirche und aus den Gesprächen der Menschen rund um sich erkannte Thomas, dass heute in dieser Kirche die Hochzeit Luthers gefeiert werden sollte. "Da bin ich gerade noch rechtzeitig in der Stadt eingetroffen." freute er sich in Gedanken.

Das große, hölzerne und zweiflügliche Tor der Kirche stand weit offen und ein Stimmengewirr tönte aus dem Inneren des Gebäudes heraus. Der Mönch betrat die Kirche, die hell durch die, durch große bunte Fenster scheinende, Sonne erleuchtete war. Es waren bestimmt schon ein paar hundert festlich angezogene Menschen darin. Am Altar brannten ein paar Kerzen, obwohl das wegen dem Licht gar nicht nötig war, aber diese Kerzen gaben der festlichen Stimmung noch mehr Ausdruck.

Auch das Innere der Kirche war festlich geschmückt und Thomas setzte sich in eine der hinteren Reihen. Als er nach vorn sah bemerkte er, dass er genau auf dem Platz saß, auf dem damals Müntzer gesessen hatte, als sie sich kennen gelernt hatten. Das Brautpaar betrat die Kirche und alle erhoben sich. Thomas kam die Braut bekannt vor und er überlegte, wo er sie kennengelernt haben könnte. Als sie ihm zunickte wusste er, dass sie die Nonne Katharina war, die zusammen mit Karola und den anderen Nonnen damals unter seiner Hilfe aus dem Kloster Nimbschen geflohen waren.

Von Karola hatte Thomas seit Mühlhausen auch nichts mehr erfahren. Wie war es ihr wohl ergangen? Seine Gedanken gingen zu der jungen Frau, an der sein Herz hing. Die Zeremonie begann und alles war sehr schlicht gehalten, aber dennoch festlich. Ein Priester heiratete eine Nonne und niemand nahm daran Anstoß. Vor ein paar Jahren wäre das noch undenkbar gewesen, doch in der Kirche hatte sich durch Luther viel geändert.

Nach der Hochzeit suchte sich Thomas eine Unterkunft in einer der Schänken. Am nächsten Morgen machte er sich auf den Weg zu

Luthers Wohnung. Auf sein klopfen hin öffnete Katharina und begrüßte ihn freudig "Ohne dich wäre ich jetzt nicht die Frau von Martin. Ich danke dir. Bitte komme herein." sagte sie und Thomas nickte ihr dankbar zu. Sie setzten sich an den Tisch und begannen zu erzählen. Nach einer Weile betrat Luther den Raum, begrüßte den Mönch und setzte sich zu ihnen.

Jetzt hätte Thomas die Gelegenheit alle seine Fragen zu stellen, aber irgendetwas verhinderte die meisten Fragen. Schließlich fragte er ihn doch noch "Warum hast du dich gegen Müntzer und die Bauern gestellt?" Luther überlegte ein paar Minuten und dann antwortete er "Es ist mir sehr schwer gefallen, aber Gewalt kann nicht die Lösung sein. Mein Weg ist es, die Kirche von innen heraus mit friedlichen Mitteln zu Reformieren. Die alten Strukturen müssen aufgebrochen werden. Das geht aber nicht mit dem Schwert. Wer zum Schwert greift wird durch das Schwert umkommen, das steht schon in der Bibel."

Luther stand auf und holte eine Bibel aus dem Regal in der Ecke des Raumes und legte diese vor den Mönch. Thomas nickte und überlegte welcher Weg nun der bessere sei. Der von Luther war zweifelsfrei der erfolgreichere, wenn er an die Hochzeit vom Vortag und an die verlorene Schlacht von vor ein paar Wochen dachte. Die beiden Mönche gingen in einen Nebenraum und Thomas sah, wie Katharina durch die Tür am anderen Ende des Raumes in ein anderes Zimmer verschwand und mit vielen Tellern zurück kam. Der Tisch wurde eingedeckt und es kamen vermutlich noch viele Menschen zum Essen.

Thomas blieb am Fenster des Nebenraums stehen und schaute auf den Platz vor dem Kloster, auf welchem der Baum stand, unter dem sie damals über die Klöster gesprochen hatten. Der Mönch wendete sich Luther zu und fragte "Was wird nun aus den Klöstern? Sind sie noch notwendig?" Luther schüttelte den Kopf "Die Klöster sind nur dazu da, den Reichtum der Kirche zu mehren. Sie dienen nur der Unterdrückung der Bauern. Sie sind nicht mehr nötig, denn die Buße und das Gebet sind die Aufgabe der Kirche. Das Verbreiten des Glaubens und die Nähe zu Gott soll der wirkliche Reichtum der Kirche sein. Nicht weltlicher Besitz, nur geistiges Wissen soll unser Ziel sein."

Der Mönch überlegte über die Armut seiner Kindheit, den Reichtum des Abtes, die Kornspeicher des Klosters und nickte. "Ich glaube du hast Recht." sagte Thomas und diesmal nickte Luther. Er legte seine Hand auf Thomas Schulter und führte ihn zurück in den Raum. Als die Beiden in den Speiseraum zurückkehrten saßen und standen dort mehr als zwanzig Männer und Frauen um den Tisch herum.

Luther begrüßte jeden und dann wurde das Essen hereingetragen. Ein schlichtes Mahl, aber reichlich. So wie Luther es forderte. Buße tun durch Genügsamkeit und nicht durch Völlerei, so wie sie Thomas bei vielen Kirchenfürsten und Äbten gesehen hatte. Der Mönch verstand nun Luthers Weg und seine Ansichten immer besser. Er predigte nicht nur die Armut, sondern er lebte sie auch.

Thomas war noch ein paar Tage in Wittenberg geblieben, bevor er sich wieder auf den Rückweg zu seinem Kloster machte. Nun waren seine Gedanken bei Karola. Lebte sie noch? Wo sollte er sie suchen?

20. Kapitel

Der Abt

Als Thomas wieder im Kloster eintraf hatte sein Freund wieder mal Dienst am Tor. Er begrüßte den Wandermönch und erzählte, dass eine Frau nach ihm gefragt hatte. Nach der Abendandacht übergab ihm Andreas einen Brief. Karola war die Frau gewesen, die ein paar Tage zuvor am Kloster gewesen war, und da er nicht da gewesen war, hatte sie ihm diesen Brief geschrieben, den sie danach Andreas anvertraut hatte. Thomas riss den Brief auf, endlich hatte er das ersehnte Lebenszeichen in der Hand, und begann in seinem Zimmer zu lesen.

Karola war bei ihrem Vater in der Schänke der kleinen Stadt, ganz in der Nähe untergekommen und es ging ihr gut. Am liebsten wäre Thomas sofort wieder aufgebrochen, immerhin war er ja noch ein Wandermönch, doch er wollte erst darüber nachdenken und zu Kräften kommen. Jetzt wo er wusste, wie es Karola ging und wo sie war, musste er sich Gedanken um seine Zukunft machen. Sollte er im Kloster oder bei Karola bleiben? Er würde seinen Freund Andreas um Rat bitten.

Der Rat des Älteren war, sich mit Karola erst mal auszusprechen und genau das wollte Thomas nun in Angriff nehmen. Bereits ein paar Tage später brach er nach der Morgenandacht wieder auf. Da Andreas auch an diesem Tag am Tor Dienst hatte, gingen die beiden Mönche zusammen zum Ausgang des Klosters. Sie verabschiedeten sich mit einem Händedruck und Andreas sah seinem Freund noch lange nach.

Der Mönch ging so schnell die Straße entlang, als ob ihn etwas zog. Und tatsächlich zog ihn die Freude Karola wieder zu sehen, so schnell durch den Wald, dass er schon am Mittag an den Toren der kleinen Stadt angelangt war. Normalerweise hätte er dafür ein paar Stunden mehr gebraucht. Als er das Tor passiert hatte, konnte er schon das Gebäude der Schänke sehen. Es war etwas höher als die anderen Häuser und das Dach ragte auf den Marktplatz hinaus. Zusammen mit dem ersten Stock des Gebäudes bildete es einen Vorbau, unter dem am Markttag das Bier ausgeschenkt wurde.

Ein großes Tor an der Seite führte zu den Ställen im Hof der Schänke. Thomas sah einen Knecht, der gerade ein Pferd durch den Hof führte. In der Mitte des Hauses war der Eingang zum Schankraum. Ein paar kleine Fenster waren rechts und links vom Eingang angeordnet, aber durch den Vorbau lagen sie im Schatten des Daches und viel Licht würden sie sicher nicht ins Innere des Hauses lassen.

Vor dem Haus angelangt zögerte er ein paar Augenblicke, bis ihn die Glocke der Kirche aus seinen Gedanken riss. Er trat ein und als sich seine Augen an das Dämmerlicht gewöhnt hatten sah er ein paar Männer an Tischen sitzen und den Wirt, Karolas alten Vater mit seinen fast weißen Haaren, hinter dem Schanktisch stehen. Er blickte sich um, aber er konnte Karola nicht sehen. Thomas trat an einen der Tische und als er sich setzen wollte kam Karola mit einer Schüssel aus der Küche.

Sie erkannte den Mönch sofort, stellte die Schüssel weg und umarmte Thomas lange. Niemand fand etwas daran, nur Karolas Vater Karl trat an die Beiden heran. "Das ist Thomas, ich habe dir doch schon so viel von ihm erzählt." stellte Karola den Mönch ihrem Vater Karl vor. Der schlug dem Mönch auf die Schulter und zu dritt setzten sie sich an einen der Tische. Die beiden jungen Leute erzählten von den vergangenen Wochen und Karl musste ab und zu aufstehen, um die Gäste zu bewirten.

Als es draußen langsam dunkel wurde ging Thomas in eines der Gästezimmer, er wollte in der Nacht sein weiteres Leben planen und am nächsten Morgen Karola seine Entscheidung mitteilen. In dieser Nacht schlief er schlecht, zu viele Überlegungen kreisten durch seinen Kopf. Kloster oder Karola? Glauben oder Leben? Kirche oder Familie?

Am Morgen ging er in die Kirche, die der Schänke gegenüber lag. Seine Entscheidung war zu Karolas Gunsten gefallen. Er zündete eine Kerze an und verließ die Kirche kurz darauf, nach einem Gebet, wieder. Zurück in der Schänke sagte er zu Karola "Im nächsten Frühling ist meine Klosterzeit vorbei und dann werde ich um meinen Abschied bitten. Bis dahin kann ich dich als Wandermönch ganz oft hier besuchen." Karola fiel ihm um den Hals und küsste den Mönch.

Bereits am nächsten Tag verabschiedete sich Thomas von Karola und machte sich auf den Rückweg zum Kloster. Er wollte Andreas seine Entscheidung mitteilen und auch mit dem Abt wollte er reden.

Den ganzen Sommer und Herbst wanderte er zwischen dem Kloster und der Stadt hin und her. Auch bis nach Wittenberg führte ihn sein Weg sehr oft, aber in diesem Jahr blieb er nur in Sachsen. Noch immer sah er die Armut der Bauern. Hatte der Aufstand im Frühjahr etwas verändert? Selbst die Bauern, die sich mit ihren Lehnsherren scheinbar geeinigt hatten, waren im Laufe des Jahres vielerorts doch noch verurteilt und bestraft worden. In manchen Gegenden flammten wieder kleine Aufstände auf, die aber schnell durch die Fürsten niedergeschlagen wurden.

Nur Luthers Idee begann die Fürsten langsam immer mehr zu überzeugen. Da er der Gewalt völlig abschwor, sie sogar verurteilte und nur auf Buße und Vergebung setzte, konnten sie dieser Haltung nicht viel entgegensetzen. Da Luther auch noch die Klöster und Kirchenfürsten entmachten wollte und diese Macht an die Fürsten übergehen sollte, konnten sie sich diese Reform sehr gut vorstellen und unterstützten ihn.

Mit seinem Wanderstock in der Hand war der Mönch ein stiller Zeuge einer langsamen Wandlung in Sachsen. Als der Winter einbrach verabschiedete er sich von Karola bis zum nächsten Frühjahr. Dieser Winter würde in der Abgeschiedenheit des Klosters dem Gebet gehören. Täglich saß Thomas mehrere Stunden in der kleinen Kirche des Klosters.

Die Entscheidung, die er getroffen hatte, stand dabei zu keinem Zeitpunkt in Frage. Es war für Thomas so etwas wie ein Abschiedswinter vom Leben im Kloster und als Mönch. Im nächsten Jahr würde er sicher die Schänke von Karolas Vater übernehmen. Da war er sich sicher.

Noch vor Weihnachten erkrankte der Abt schwer und am Weihnachtstag verstarb der alte Mann im Kreise seiner Mönche. „Wie wird es jetzt mit dem Kloster weiter gehen?" fragte sich ein jeder in der Runde bei dieser Totenwache. Da Thomas die Meinung Luthers kannte, ahnte er schon die Entscheidung der Landesherren und der Kirche.

21. Kapitel
Bleiben oder gehen

Nach dem Tode des Abtes hätten die Mönche eigentlich aus ihrer Mitte heraus einen neuen Abt wählen sollen. Zwei mal wählten sie, doch die Landesherren verhinderten durch ihren Einspruch jedes Mal diese Wahl. Da das Kloster nun keinen Abt, und damit auch keine Führung mehr hatte, fiel das Kloster, und damit auch dessen ganzer Besitz, vor allem aber der Grundbesitz, an die weltlichen Lehnsherren. Ganz im Einklang mit der Lehre Luthers, das der einzige Besitz der Kirche der Glauben sein sollte. Das Kloster hörte damit, nach mehr als 400 Jahren, auf, als Kloster zu existieren.

Für Thomas war es ja schon vorher klar gewesen, wie sein weiterer Weg aussehen sollte, doch was würde mit den anderen Mönchen passieren? Die Fürsten stellten jedem Mönch vor die Wahl zu bleiben und kein Mönch mehr zu sein, oder in ein anderes Kloster zu wechseln. Allerdings würde es bald in ganz Sachsen keine Klöster mehr geben. Ihr Kloster war sicher nur der Anfang. Einen Teil des Klosterbesitzes teilten die Fürsten auf die Mönche auf, so dass ein jeder einen kleinen Geldbetrag für seinen Neuanfang erhielt.

Auch Thomas erhielt einen dieser kleinen Beträge, den er für sein neues Leben in der Schänke von Karolas Vater einbringen wollte, auch wenn er sich schon vorher entschieden hatte, das Kloster zu verlassen. Insofern hatte er Glück gehabt, da er ja sonst mit leeren Händen gegangen wäre. Am Abend saßen alle Mönche im Speisesaal um den Tisch herum und überlegten. Einige Mönche wollten bleiben und als Verwalter oder Arbeiter tätig sein. Die Mönche, die immer in dem Haus am Rande des Klosters das Bier für die Mönche und die kleine Dorfschänke brauten, wollten mit ihrem Geld das Brauhaus erwerben. Die meisten aber überlegten hin und her, genau so ging auch das Gespräch rund um den Tisch.

Andreas stützte seinen Kopf auf die Arme und starrte vor sich hin. Was sollte er tun? Er war nun seit vielen Jahren hier im Kloster, an sein Leben zuvor konnte er sich kaum erinnern. Er war, ähnlich wie Thomas, als Kind ins Kloster gekommen. Nur in den paar Jahren als Wandermönch und bei seinem Studium in Wittenberg war er außerhalb dieser Mauer gewesen. Sollte er als Priester in eine Kirche gehen oder in ein anderes Kloster wechseln? Noch überlegte er, aber einen weltlichen Weg konnte er sich nicht mehr vorstellen.

Es war ein sehr langer Abend geworden und die Mönche kamen erst spät in der Nacht in ihre Betten. An Schlaf war bei vielen aber auch dann immer noch nicht zu denken. Bisher war ihr Lebensweg vorgezeichnet gewesen und nun war alles anders. Einer der Mönche war schon mehr als fünfzig Jahre hier im Kloster und für ihn war es am schwersten. Als Andreas eingeschlafen war, sah er im Traum eine weiße Gestalt vor sich im Nebel stehen. Als sich der Nebel lichtete, begann die Gestalt zu leuchten und der Mönch sah, dass das Wesen ein paar große Flügel ausbreitete, die fast bis zum Boden gereicht hatten. Andreas fragte die Gestalt "Hilf mir, gib mir einen Rat, was ist mein Weg? Was kann ich tun?" Der Engel trat zu Seite und gab den Blick auf eine Kirche frei.

Andreas blickte dem Engel ins Gesicht. Der Engel begann zu lächeln und ohne ein Wort zeigte er auf die Kirche. "Die Kirche ist mein Weg." sagte der Mönch und im Unterton schwang eine Frage mit. Die Gestalt nickte und begann sich in den Nebel zurückzuziehen. "Wo finde ich diese Kirche?" fragte der Mönch noch schnell, bevor der Engel verschwand und dieser zeigte mit der Hand auf die Sonne, die hoch über ihm stand. "Im Süden!" stellte Andreas fest und wachte aus dem Traum auf. Er schaute zu dem Kreuz, das, von einem Talglicht beleuchtet, in der Ecke des Zimmers stand. Für einen Moment dachte er, dass der Engel die Gesichtszüge von Jesus gehabt hatte. Andreas stand auf und kniete sich vor das Kreuz. Er sprach ein Dankgebet für die Beantwortung seiner Frage und legte sich danach wieder in sein Bett.

Da er nach seinem Studium zum Priester geweiht worden war blieben ihm nun zwei Wege in der Kirche offen, die er einschlagen konnte. Er konnte eine kleine Kirche als Pfarrer übernehmen oder weiter als Mönch in einem Kloster bleiben. Er holte sich noch einmal das Bild der Kirche aus seinem Traum in die Erinnerung. Sie hatte nicht wie eine Klosterkirche ausgesehen. Im Süden sollte sie sein. Dorthin würde ihn sein Weg führen, bis er genau diese eine kleine Kirche gefunden haben würde. Das war sein Plan und im Frühjahr würde er dorthin aufbrechen. Die Engel würden sicher seine Schritte lenken und mit einem Lächeln vor Dankbarkeit auf dem Gesicht schlief er ein.

Als nach dem Morgengebet in der Kirche alle Mönche zusammen zum Frühstück in dem Speisesaal eintrafen, sahen sie an dem Leuchten in Andreas Gesicht, dass er seinen Weg kannte. Nun waren es, nach Thomas und den beiden Mönchen aus dem Brauhaus, schon vier, die ihre Zukunft fest im Blick hatten. Die anderen waren alle noch unentschlossen, bis zum Beginn des Frühlings mussten sie aber alle eine Entscheidung getroffen haben. Bleiben oder gehen. Solange es draußen noch Winter war und der Schnee so hoch lag, durften sie bleiben, danach würde das Kloster aufgelöst werden.

Einige Wochen später hatten sich alle in ihr Los begeben. Sieben von ihnen würden bleiben, dann das Gut führen und verwalten, dass früher mal das Kloster gewesen war. Sie alle würden dann zwar keine

Mönche mehr sein, aber sie durften bleiben. Die anderen sieben Mönche würden gehen. Ein paar, wie Andreas, als Mönche und ein paar, wie Thomas, als einfache Bauern oder Handwerker. Die kleine Summe Geld, die sie alle erhalten hatten, war für alle ein gutes Startkapital in eine ungewisse Zukunft.

Als der Schnee langsam schmolz waren sie alle aufgeregt. Die Zeit des Abschiedes rückte immer näher. Sollte das Kloster einfach so geschlossen werden? Die Mönche trafen sich am Abend, nach dem alltäglichen Gottesdienst in der kleinen Küche und während sie das Abendbrot zubereiteten und das Gemüse putzten redeten sie durcheinander. Ideen wurden ausgesprochen und wieder verworfen. Wie sollten sie den Abschied feiern?

22. Kapitel
Auf in die Zukunft

In langen Nächten hatten sie einen Entschluss gefasst. Andreas hatte die entscheidende Idee gehabt. Das Osterfest wollten sie noch in der kleinen Kirche des Klosters als Gemeinschaft feiern, danach würden sich ihre Wege trennen. Doch dafür mussten sie den Fürsten um seine Genehmigung bitten. Thomas und Andreas machten sich also zusammen auf den Weg, um diese Bitte vorzutragen. Die ersten Blumen begannen gerade am Rande des Weges zu blühen und die beiden Mönche kamen gut voran.

Schon am Nachmittag waren sie an der Burg des Fürsten angelangt und Andreas klopfte an das Tor. Nach ein paar Augenblicken hörten die beiden hinter dem Tor Schritte und die Tür in dem Tor öffnete sich mit einem knarren. Durch die Öffnung trat Johannes vor die Burg und erkannte seinen Bruder. Sein Blick hellte sich auf, wurde aber sofort wieder ernst, als er Thomas hinter seinem Bruder stehen sah. "Was macht der den hier?" fragte er Andreas mit einem Knurren in der Stimme.

Der Mönch ging gar nicht auf die Frage ein, sondern entgegnete "Wir möchten zum Fürsten, um für die Durchführung des Osterfestes in unserem Kloster zu bitten." "Na fein." sagte Johannes „Ihr habt Glück. Er ist gerade auf unserer Burg." und gab den Weg frei. Die beiden Mönche betraten die Burg und Johannes schloss hinter ihnen das Tor, danach ging er voran und führte die beiden Bittsteller durch die Gänge der Burg. Vor einem Saal sagte er "Wartet hier." er warf einen unfreundlichen Blick auf Thomas und trat dann in den Saal ein.

Thomas sah durch ein Fenster auf das Land vor der Burg und wartete. Eigentlich hätte er sich bei Johannes bedanken sollen, doch so sie der ihn gerade angefahren hatte, wollte er das lieber nicht wagen. Wer weiß schon wie Johannes reagieren würde. Die Wachen vor dem Saal standen gelangweilt neben der Tür. Was konnten diese beiden Mönche schon für eine Gefahr darstellen? Thomas sah zu den Wachen und durch den Spalt der halb geöffneten Tür sah er Johannes zurück kommen.

Knarrend schwang die Tür auf und Johannes winkte die beiden Mönche ohne ein Wort in den Saal hinein. Andreas ging an ihm vorbei und Thomas schloss sich an. Johannes blieb an der Tür stehen und zeigte nur nach vorn auf einen Stuhl in der Mitte der gegenüberliegenden Wand. Andreas erkannte den Kurfürsten, scit dem letzten Jahres war es Johann der Beständige, der dort umringt von einigen Beratern saß, mit schnellen Schritten durchquerten die Beiden den Raum. Vor dem Fürsten blieben sie stehen und verbeugten sich vor ihm.

Der Fürst sah die Beiden fragend an. Andreas begann zu erklären wie sie sich das Osterfest vorstellten. Nachdem der Mönch seinen Vortrag beendet hatte sah der Fürst zu seinen Beratern. "Soll ich diese Feier als Abschluss genehmigen?" Sein Blick wanderte von einem zu anderen. Alle nickten und so setzte er als Schluss dazu "Das Fest wird das Ende dieses Klosters sein. So wie Jesus damals auferstanden ist, so wird der Geist dieses Klosters auferstehen und die Mönche werden in die Welt aufbrechen, so wie die Lehre Christi. So sei es." "Amen." sagten die beiden Mönche und verbeugten sich erneut.

Schnell gingen sie wieder zum Ausgang des Saales. Johannes stand mit verschränkten Armen direkt vor der Tür und hielt die beiden Mönche fest im Blick. Als die Beiden vor ihm standen gab er, mit einem Schritt zur Seite, den Durchgang frei. Zu dritt gingen sie wieder wortlos die vielen Gänge zurück über den Burghof bis zum Ausgangstor der Burg. Vor dem Tor gab Andreas seinem Bruder die Hand und sagte "Nach Ostern werde ich nach Süden aufbrechen." Johannes umarmte seinen Bruder und sagte "Ich wünsche dir viel Glück." dann öffnete er das Tor und Andreas trat vor die Burg. Thomas sah Johannes an und sagte "Ich danke dir, dass du mich verschont hast." Johannes nickte und schaute nun etwas freundlicher. Er nickte ihm noch einmal zu, bevor er das Tor hinter dem Mönch wieder verschloss.

Die beiden Mönche suchten sich eine Schänke neben der Burg und am nächsten Tag machten sie sich auf den Weg zurück zu ihrem Kloster. Beschwingt durch die gute Antwort war der Weg nun gar nicht mehr so weit. Andreas konnte es kaum erwarten die Nachricht im Kloster zu verkünden. Allen, denen sie unterwegs begegneten, überbrachten sie schon im Voraus die Einladung zum Osterfest im Kloster. In den nächsten Wochen bereiteten die Mönche ihren Aufbruch und auch das Osterfest vor. Dieses Fest sollte besonders schön werden, da es das allerletzte Fest in der vielen hundert Jahre alten Geschichte des Klosters sein würde. Auch viele Bewohner der Umgebung bereiteten das Fest mit vor.

Am Ostersonntag wurde eine lange Tafel auf dem Klosterhof aufgestellt. Aus der Vorratskammer des Klosters wurde alles herausgeholt was noch darin war. Die letzten Würste wurden auf den Tisch gelegt, denn nach diesem Tag würde keiner mehr davon essen können. Auch viele Bauern brachten noch etwas zu essen mit. Alle saßen vor dem Gottesdienst an dieser Tafel und langten zu. Für die Kinder gab es sogar Kuchen. Danach gingen alle gemeinsam in die Kirche hinein, die ebenfalls festlich geschmückt war. Girlanden und Blumen waren überall angebracht.

Nach dem Fest und nach dem Ostergottesdient traten die Mönche vor die kleine Kirche. Sie verabschiedeten zuerst ihre Gäste und geleiteten diese dann aus dem Kloster. Ein letztes Mal verschlossen sie das Tor des Klosters, als der letzte Bauer gegangen war. Die Mönche verweilten noch einen Moment am Tor. Ein jeder dachte nach, wie oft er wohl durch dieses Tor gegangen war, es geöffnet oder geschlossen hatte.

Gemeinsam gingen sie in ihre Zimmer und kamen nach ein paar Minuten auf dem Platz vor der Kirche wieder zusammen einige hatten noch ihre Kutten an, aber die meisten hatten ihre Kleidung getauscht. Für Thomas hatte Karola schon im Herbst Sachen mitgegeben, die er nun an hatte. So ohne Kutte fühlte er sich noch etwas unwohl, aber das würde schon noch werden. Alle verabschiedeten sich voneinander und brachen auf. Die Sieben die blieben standen am Tor und winkten den anderen zu. Thomas und Andreas brachen zusammen auf. Sie schauten noch einmal auf ihre Heimat der letzten Jahre zurück und dann machten sie sich schnell auf den Weg.

23. Kapitel
Gewissensfragen

Sie gingen nebeneinander auf der Straße. Kleine Wäldchen lösten sich mit Feldern und Wiesen ab. Auch zwei kleine Dörfer mussten sie auf dem Weg zur Stadt durchqueren. Sie liefen wortlos nebeneinander her und jeder hängte seinem Gedanken nach. Sie hatten keinen Blick für die Kühe, die langsam aufgehende Saat oder den kleinen Fluss, den sie mehrmals an Brücken überqueren mussten.

Noch vor dem Einbruch der Dunkelheit, und damit genau rechtzeitig vor dem Schließen der Stadttore, waren Thomas und Andreas in dem kleinen Ort eingetroffen. Andreas hatte vor, noch ein paar Tage zu bleiben, und Thomas war froh, den Freund noch etwas bei sich zu haben. Als sie vor der kleinen Schänke eintrafen, sahen sie schon Karola aus der Tür stürmen. Sie fiel Thomas um den Hals und begrüßte danach auch Andreas. Schon seit dem Mittag hatte sie am Fenster gewartet, auch wenn das nur mit einem Pferd bis zu dieser Zeit zu schaffen gewesen wäre und sie ja kein Pferd hatten. Zu dritt gingen sie in den Schankraum und setzten sich an einen der Tische.

Der immer dunkler werdende Raum war nur von dem offenen Feuer an der Seite und ein paar Talglichtern auf den Tischen spärlich beleuchtet. Die niedrige verrußte Decke drückte von oben auf die zahlreichen Gäste in der Schänke herunter und man zog unwillkürlich den Kopf ein, wenn man aufstand, selbst wenn bis zum Deckenbalken noch viel Platz blieb.

Von Zeit zu Zeit musste Karola zu anderen Tischen, um Getränke oder Suppe zu bringen, doch sie kam immer schnell wieder zu

Thomas an den Tisch zurück. Als die Schänke dann später schloss, und ihr Vater den Schankraum aufräumte, brachte Karola Andreas und Thomas in ihre Gästezimmer. Sie verabschiedete sich von den Zweien und ging dann zurück zu ihrer Mutter in die Küche. Thomas und Andreas schliefen in dieser ersten Nacht nach dem Kloster gut in den Betten.

Am Morgen des nächsten Tages war Karola schon lange auf den Beinen und half in der Küche, als Thomas aufstand und nach unten in den Schankraum ging. Kurz nach ihm traf auch Andreas zum Frühstück ein. Karola begrüßte die Beiden und stellte ihnen ein besonders üppiges Mahl auf den Tisch. Da sonst noch nicht viel los war übergab sie ihre Schürze an ihre Mutter und setzte sich zu Thomas an den Tisch.

Während die beiden Männer kräftig zulangten begann Karola zu erzählen, wie es den Menschen, und vor allem den Bauern, heute so ging. Viele Reisende waren oft in der Schänke zu Gast und so erfuhr sie aus deren Erzählungen viel Schlimmes. Die meisten Bauern hatten sich zwar mit ihren Lehnsherren geeinigt, doch nachdem die Bauern ihre Waffen abgelegt hatten und auf ihre Höfe zurückgekehrt waren, wurde es meist genauso schlimm wie früher. Die Anführer der Aufstände wurden später verurteilt oder von ihrem gepachteten Land vertrieben.

An vielen Orten kam es immer noch zu kleinen Aufständen, diese wurden aber durch die Heere der Lehnsherren brutal niedergeschlagen. Oft ließen sie keinen der Bauern am Leben. Thomas dachte daran, wie ihn Johannes angesehen hatte und auch daran, dass vermutlich nur die Anwesenheit von Andreas ihn vor einer Bestrafung bewahrt hatte. Er sah Karola an und überlegte, ob sie sich einem dieser Aufstände anschließen sollten, um Müntzers Weg weiter zu führen und genau in diesem Moment begann Karola über das Ende von Thomas Müntzer zu erzählen.

Sie war damals dabei gewesen und erzählte kurz, nachdem die beiden Männer mit dem Frühstück fertig waren, wie Müntzer in Mühlhausen geköpft worden war und wie sie seinen Kopf auf einen Pfahl gesteckt hatten, zur Abschreckung und als Mahnung. Unmerklich schüttelte Thomas den Kopf und nahm es als Zeichen, diesen Weg der Gewalt nicht weiter zu verfolgen. Er schaute sich in der Schänke um und dachte sich, dass das der Platz sein würde, an dem sie leben würden. Er und seine Karola. Er schaute sie an und ihre Augen trafen sich.

Thomas stand auf, ging zum Feuer an der Seite des Schankraums, wo Karolas Vater gerade Holz nachlegte, und bat diesen um die Hand seiner Tochter. Gern stimmte der alte Mann zu und umarmte Thomas. Als sich dieser wieder an den Tisch setzte, sah er in Karolas strahlenden Augen, dass auch sie mit dieser Entwicklung sehr zufrieden war. Thomas bat seinen Freund die Vorbereitung der Hochzeit zu übernehmen.

Andreas überlegte kurz und sagte dann "Da ich ja zu Priester geweiht wurde, kann ich auch die ganze Hochzeit durchführen. Möchtet ihr das?" Karola und Thomas nickten und bedankten sich bei ihrem Freund für das Angebot. Nach dem Frühstück half Thomas in der Schänke, während Andreas in die kleine Kirche, auf der anderen Seite des Platzes, ging um den Pfarrer dort darum zu bitten, die Hochzeit durchführen zu können.

Das Gespräch der beiden Priester war kurz und herzlich. Gern würde er Andreas die Trauung durchführen lassen. Zusammen gingen sie durch die Kirche und der Pfarrer zeigte Andreas noch den Altar.

Andreas erzählte von seinem Plan und der Suche nach der Kirche im Süden.

In der folgenden Woche wurde die Hochzeit vorbereitet und Andreas schmückte mit Thomas und Karolas Mutter die kleine Kirche. Karola konnte es kaum erwarten, dass diese Woche enden würde. Sie nähte mit einer Freundin ihr Brautkleid. Den Stoff hatte sie in dem Kontor geholt, das Andreas Familie gehörte und das unweit der Schänke lag.

Natürlich hatte auch Andreas seinen ältesten Bruder, der jetzt, nach dem Tode des Vaters, das Kontor führte, besucht. So richtige Freude kam aber bei beiden Brüdern nicht auf, einzig die alte Mutter von Andreas wollte ihren Sohn gar nicht mehr weg lassen. Sie freute sich schon auf den Gottesdienst, von dem ja dann auch ihr Sohn einen Teil mit leisten würde. Sie erzählte die ganze Woche jedem den sie traf, wie stolz sie auf ihren Sohn war. Dies verbesserte natürlich nicht die Stimmung zwischen den beiden Brüdern.

Andreas, als der jüngste der Brüder, hatte es schon zu Lebzeiten seines Vaters nicht leicht mit seiner Familie gehabt. Auch jetzt fand er eher seinen Weg im Glauben und im eigentlichen Sinne hatte er hier kein wirkliches Leben gehabt. Selbst wenn er in dieser Stadt etwas gefunden hätte um zu bleiben, und je weiter der Abstand zu seinen Brüdern wäre, umso besser würde er sich fühlen.

24. Kapitel

Ein neuer Weg

In der letzten Nacht, in der er noch unverheiratet war, überlegte Thomas, was ihm in den letzten Jahren so alles passiert war. Er dachte an sein kleines Dorf, in dem er die Kindheit verbracht hatte. An seine Eltern und seinen Bruder, die ein paar Zimmer weiter schliefen und morgen mit dabei sein würden, und natürlich auch an das Kloster. All dies blieb nun als seine Vergangenheit hinter ihm. Als er einschlief schloss er damit ab und draußen begann die Sonne gerade einen neuen Tag zu beleuchten.

Am Morgen des Sonntags traten Thomas und Karola vor die Schänke. Der Weg zu der kleinen Kirche war sehr kurz. Direkt von der Tür aus konnten sie, über dem Platz, schon den offenen Eingang der Kirche sehen. Viele Menschen waren schon auf dem Weg zum Gottesdienst und auch die Beiden schlossen sich den Menschen an. Andreas war schon vorgegangen und Karolas Eltern folgten den beiden Brautleuten.

Gemeinsam betraten sie die Kirche und setzten sich in eine der Reihen. Der Pfarrer begann den Gottesdienst in der festlich geschmückten Kirche. Später übernahm Andreas und führte die Trauung durch. Er bat die Beiden nach vorn, vor den Altar, und es wurde still in der Halle. Andreas erzählte, wie sich Karola und Thomas gefunden hatten, wie sie beide im Kloster gelebt hatten und wie sie nun zusammen in ihre Zukunft gehen wollten. Für sie beide würde es ein neuer, gemeinsamer Weg werden. Mit Gottes Segen und nur durch Luthers Lehre war er möglich geworden.

Nach dem Gottesdienst wurde auf dem Platz zwischen Schänke und Kirche ein großes Fest gefeiert. Der Wirt hatte ein Schwein auf einem Spieß gesteckt und schon seit dem Morgen gebraten. Nun stellte er noch Getränke bereit und Thomas brachte, zusammen mit Karola, Tische und Bänke auf den Platz.

Ein paar Musikanten spielten zum Tanz, Thomas, Karola und ihr Vater bewirteten die Gäste. Zwischendrin tanzten auch Karola und Thomas auf dem Platz. Die Feier ging bis spät in die Nacht hinein. Auch mit Andreas stießen die Brautleute an. Nachdem alles aufgeräumt war, fielen Thomas und Karola in ihr gemeinsames Ehebett.

Am nächsten Morgen wollte Andreas aufbrechen, um seine Kirche zu finden. Karola machte ihm ein kräftiges Frühstück. Andreas verabschiedete sich von seiner Mutter, die ihn am liebsten gar nicht weggelassen hätte. Er brauchte eine ganze Weile, um sich wieder loszureißen. Der Abschied von seinem Bruder war frostig, so wie es nicht anders zu erwarten gewesen war.

Der Mönch ging zur Schänke zurück und holte seine Sachen. Im Schankraum traf er auf Thomas und Karola. Gemeinsam gingen sie die Straße entlang zum Stadttor. Dort angekommen verabschiedeten sich die beiden Freunde voneinander. Mit dem Wanderstock in der Hand und dem Beutel auf dem Rücken machte sich der Mönch auf den Weg nach Süden. Thomas und Karola standen Hand in Hand vor dem Tor und winkten ihrem Freund noch lange nach.

Bevor er in den Wald trat drehte sich Andreas noch einmal um. Er sah die Beiden immer noch am Tor stehen und er sah seinen Heimatort noch ein letztes Mal an. Dann schritt er schnell in den

Wald hinein. Sein fernes Ziel wartete schon auf ihn und er hatte das Bild der Kirche fest in seinem Gedächtnis.

Thomas hätte den Freund gern noch länger bei sich gehabt, aber er respektierte den Wunsch seines Freundes. Er wendete sich Karola zu und gemeinsam gingen sie den Weg zu der kleinen Schänke zurück. Karolas Vater stand vor dem Tor und drückte Thomas den Schlüssel in die Hand. Nun gehörte die Schänke dem jungen Paar. Thomas schloss auf und betrat seine eigene Schänke und umarmte seine Karola.

Er war angekommen in seiner Zukunft, in ihrer Zukunft. Was würde sie ihnen bringen?

Zeitliche Einordnung der Handlung

5800 vor Christus Steinzeit

Anfang des Buches **"Schicha und der Clan des Bären"**

Ende des Buches **"Schicha und der Clan des Bären"**

5500 vor Christus Steinzeit

700 --

764 Anfang des Buches **"In den finsteren Wäldern Sachsens"**

772, im Sommer, Zerstörung der Irminsul

772 Anfang der Sachsenkriege Karls des Großen

782 Blutgericht von Verden (Aller)

783, im Sommer, Gefechte mit Beteiligung sächsischer Frauen

785 Taufe Widukinds in der Königspfalz Attigny

792 letzte größere Erhebungen gegen die Franken

792 Zwangsdeportationen und Neuvergabe von sächsischem Land an Franken

796 Karls Belehrung durch seinen Berater Alkuin

797 wurden mit dem Capitulare Saxonicum die Sondergesetze gegen die Sachsen gelockert

800 --

800 Kaiserkrönung Karls

802 wurde das sächsische Volksrecht (Lex Saxonum) verabschiedet

802 Ende des Buches **"In den finsteren Wäldern Sachsens"**

804 Ende der Sachsenkriege

889 Wanzleben wird erstmals erwähnt, als Haufendorf

900 --

913 Herzog Heinrich von Sachsen stellt ein Ungarisches Heer bei Merseburg

926 Heinrich handelt mit den Ungarn einen zehnjährigen Waffenstillstand für Sachsen aus

937 Otto I. der Große, gründete das St.-Mauritius-Kloster in Magdeburg

938 die Ungarn ziehen erneut gegen die Sachsen

952 Anfang des Buches **"Der Gefolgsmann des Königs "**

955, am 10. August, Schlacht gegen die Ungarn auf dem Lechfeld bei Augsburg

955 Otto Beginnt einen großen Neubau des Doms zu Magdeburg.

962, 2. Februar, Krönung Ottos zum Kaiser

968 Anfang des Baues der Burg Wanzleben

980 Ende des Buches **"Der Gefolgsmann des Königs "**

1000 –

1100 --

1142 Heinrich der Löwe wird Herzog von Sachsen

1143 Gründung Lübecks, der ersten deutschen Ostseestadt

1147 Anfang des Buches **"Im Zeichen des Löwen"**

1147 Wendenkreuzzug, dauert als Kreuzzug drei Monate

1152 Königskrönung von Friedrich Barbarossa in Aachen

1155 Kaiserkrönung Friedrich Barbarossas in Rom

1156 Besiedlungszug in Lommatsch

1157 Gründung des deutschen Kaufmannsbundes

1159 Wiederaufbau Lübecks

1160 Anfang des Buches **"Kaperfahrt gegen die Hanse"**

1160 der slawische Burgwall Dobin, liegt am heutigen Schweriner See, wird zerstört

1160 Lübeck erhält das Soester Stadtrecht

1160 Gründung der Kaufmannshanse

1161 Vermittlung eines Handelsprivilegs an die Stadt Lübeck durch Heinrich den Löwen

1161 Gründung der Gotländischen Genossenschaft als Vorstufe der Hanse

1162 Kloster Altzella, bei Nossen, wird gegründet

1163 Ende des Buches **"Im Zeichen des Löwen"**

1180 Heinrich verliert das Herzogtum Sachsen

1200 –

1200 Gründung des Petershofes in Novgorod als Außenstelle der Hanse

1200 Ende des Buches **"Kaperfahrt gegen die Hanse"**

1250 Anfang der Blütezeit der Städtehanse

1300 –

1400 –

1500 --

1517 Anfang des Buches **"Die Bruderschaft des Regenbogens"**

1517, 31. Oktober, Luthers Thesen in Wittenberg

1518 Müntzer und Luther in Wittenberg

1520 Müntzer in Zwickau

1522 Neues Testament auf Deutsch

1523, zu Ostern, Katharina von Boras Flucht aus dem Kloster

1524 Bauern- und Handwerkeraufstände in Sachsen

1525, 15. Mai, Schlacht bei Bad Frankenhausen

1525, 27. Mai, Müntzer in Mühlhausen enthauptet

1525, 27. Juni, Heirat Luthers mit Katharina von Bora

1525, im Dezember, Kloster Buch wird geschlossen

1526 Niederschlagung der letzten Bauernaufstände

1527 Ende des Buches **"Die Bruderschaft des Regenbogens"**

1530 Reichstag zu Augsburg beschließt Duldung des Evangelischen Glaubens

1534 Gesamte Bibel auf Deutsch

1600 –

1618, 23. Mai, Fenstersturz zu Prag

1618 Anfang des dreißigjährigen Krieges

1630 Anfang des Buches **"Im Schein der Hexenfeuer"**

1631 Kriegseintritt Sachsens

1632 die Pest wütet in Sachsen

1641 Zerstörung Dresdens durch die Schweden

1648 Westfälischer Friede

1648, 24. Oktober, Ende des dreißigjährigen Krieges

1650 Ende des Buches **"Im Schein der Hexenfeuer"**

1700 --

Von Uwe Goeritz ebenfalls beim Verlag BoD erschienen (BoD – Books on Demand, Norderstedt, nähere Informationen finden Sie unter www.BoD.de)

"Schicha und der Clan des Bären"
die ISBN lautet 978-3-7386-0262-3

"Diese Geschichte spielt in der Steinzeit, als unsere Vorfahren dazu übergingen sesshaft an einem Platz zu leben. Es war der Beginn der Siedlungen, von Viehhaltung und gezieltem Anbau von Pflanzen. Die Schwierigkeiten der ersten Siedler und die Gefahren in ihrer Umwelt werden deutlich gemacht."
108 Seiten für 7,90 Euro

"In den finsteren Wäldern Sachsens"
die ISBN lautet 978-3-7357-7982-3

"Diese Geschichte spielt von 764 bis 802 in den Völkern der Sachsen und Franken. Matthias, ein Franke, und Thorsten, ein Sachse, haben beide ihre Familien in den Sachsenkriegen verloren. Nach kämpfen gegeneinander werden sie Freunde und müssen sich den täglichen Anforderungen des Lebens stellen. Im Kontext des Krieges von Karl dem Großen gegen die Sachsen muss sich ihre Freundschaft bewähren wenn Frieden zwischen den Völkern herrschen soll."
108 Seiten für 7,90 Euro

"Der Gefolgsmann des Königs"
die ISBN lautet: 978-3-7357-2281-2

"Die Geschichte spielt um das Jahr 950 im Volke der Sachsen in der Nähe des heutigen Magdeburg. Berthold ist als Oberhaupt nach dem Tod seines Vaters für die Geschicke des Dorfes verantwortlich. Zusammen mit seiner Frau Johanna, seinen Brüdern, seiner Heilkundigen Schwester Edith und den anderen Bewohnern im Dorf bewältigt er die täglichen Herausforderungen des Lebens in einer Zeit in der das Christentum und die Einigkeit des deutschen Volkes noch ganz am Anfang stehen. Als König Otto zum Kampf gegen die Ungarn ruft, werden Berthold und die Seinen auf eine harte Probe gestellt."

116 Seiten für 7,90 Euro

„Im Zeichen des Löwen"
die ISBN lautet: 978-3-7347-5911-6

"Die Geschichte spielt von 1147 bis 1163 im Volke der Sachsen in einem kleinen Dorf. Wolfgang und Heinrich kennen sich seit Kindertagen doch nun ist einer der Herzog und der andere ein Bauer. Kann ihre Freundschaft diese Kluft überbrücken?

Wolfgang erwirbt sich in den vielen Kämpfen das Vertrauen seines Herzogs und darf das Banner mit dem Löwen im Kampf führen doch der Kampf gegen das Volk der Slawen stellt diese Freundschaft auf immer neue Bewährungsproben. Kann Wolfgang, als halber Slawe, den Kampf gegen das Brudervolk mit seinem Gewissen vereinbaren?

Zusammen mit Karl ist er als Oberhaupt für die Geschicke des Dorfes verantwortlich. Mit seiner Frau Gisela, seinen Bruder

Siegfried und den anderen Bewohnern im Dorf bewältigt er die täglichen Herausforderungen des Lebens in einer Zeit als aus dem Dorf langsam eine kleine Stadt wird."

116 Seiten für 7,90 Euro

**„Kaperfahrt gegen die Hanse"
die ISBN lautet: 978-3-7386-2392-5**

"Norddeutschland, Ende des 12 Jahrhunderts. Diese Geschichte handelt von 1160 bis 1200 zu Beginn der Hanse in einem kleinen Dorf an den Ufern der Ostsee. Eine kleine Gruppe von Fischern beginnt einen Kampf gegen die Übermächtig erscheinende Verbindung zwischen Kaufleuten der Hanse und den lokalen Fürsten.

Immer schlimmer werden sie ausgepresst, damit ihr Fürst Handel treiben kann. Unter Ausnutzung des Aberglaubens der Seemänner gelingt es ihnen, einen Teil des erpressten Eigentums zurück zu holen und unter der Bevölkerung zu verteilen.

Wie lange können sie aber der übermächtigen Allianz und der Macht des neuen Städtebundes widerstehen? "

108 Seiten für 7,90 Euro

**„Im Schein der Hexenfeuer"
die ISBN lautet: 978-3-7347-7925-1**

„Diese Geschichte handelt in den Jahren 1630 bis 1650 in einer kleinen Stadt in Sachsen. Johanna hat in den Wirren des dreißigjährigen Krieges schon zweimal ihre Familie verloren. Als

Frau eines Kaufmannes gerät sie in einen Hexenprozess, den sie nur mit viel Glück und der Hilfe ihres Mannes überlebt. Nach diesem Prozess arbeitet sie weiter mit Kräutern und versucht den Menschen zu helfen, so gut sie es kann. Im alltäglichen Leben werden ihre Fähigkeiten immer wieder gefordert und sie muss jeden Tag beweisen, dass sie eine starke Frau ist."

112 Seiten für 7,90 Euro

Aktuelle Informationen und Neuerscheinungen finden sie immer im Internet unter **www.Goeritz-Netz.de**